COLEÇÃO
PENSADORES & EDUCAÇÃO

Bauman & a Educação

Felipe Quintão de Almeida
Ivan Marcelo Gomes
Valter Bracht

Bauman & a Educação

2ª Edição

autêntica

Copyright © 2009 Os autores
Copyright © 2009 Autêntica Editora

Todos os direitos reservados pela Autêntica Editora. Nenhuma parte desta publicação poderá ser reproduzida, seja por meios mecânicos, eletrônicos, seja via cópia xerográfica sem a autorização prévia da editora.

COORDENAÇÃO DA COLEÇÃO PENSADORES & EDUCAÇÃO
Alfredo Veiga-Neto

CONSELHO EDITORIAL
Alfredo Veiga-Neto (UFRGS), *Carlos Ernesto Noguera* (Univ. Pedagógica Nacional de Colombia), *Edla Eggert* (UNISINOS), *Jorge Ramos do Ó* (Universidade de Lisboa), *Júlio Groppa Aquino* (USP), *Luís Henrique Sommer* (ULBRA), *Margareth Rago* (UNICAMP), *Rosa Bueno Fischer* (UFRGS), *Sílvio D. Gallo* (UNICAMP)

EDITORA RESPONSÁVEL
Rejane Dias

REVISÃO
Maria Clara Xavier Leandro

DIAGRAMAÇÃO
Eduardo Queiroz

Dados Internacionais de Catalogação na Publicação (CIP)
(Câmara Brasileira do Livro, SP, Brasil)

Almeida, Felipe Quintão de
  Bauman & a Educação / Felipe Quintão de Almeida, Ivan Marcelo Gomes, Valter Bracht. – 2. ed. – Belo Horizonte : Autêntica Editora, 2014. – (Coleção Pensadores & Educação)

  ISBN 978-85-7526-428-7

  1. Bauman, Zygmunt, 1925- 2. Educação - Filosofia 3. Sociologia educacional I. Bracht, Valter. II. Gomes, Ivan Marcelo. III. Título. IV. Série.

09-08113   CDD-370.1

Índices para catálogo sistemático:
1. Bauman : Filosofia : Educação 370.1

Belo Horizonte
Rua Carlos Turner, 420
Silveira . 31140-520
Belo Horizonte . MG
Tel.: (55 31) 3465-4500

São Paulo
Av. Paulista, 2.073, Conjunto Nacional, Horsa I
23º andar . Conj. 2310-2312 .
Cerqueira César . 01311-940 São Paulo . SP
Tel.: (55 11) 3034 4468

www.grupoautentica.com.br

Sumário

Introdução.. 7

Dialética da modernidade: entre a ordem
como tarefa e a ambivalência como refugo............ 15

Da modernidade sólida à modernidade líquida...... 31

Entre a legislação e a interpretação: implicações
para o discurso escolar e formativo....................... 47

Dilemas e desafios educacionais na
modernidade líquida... 63

Bauman e a Teoria Educacional no Brasil:
recepção atual e perspectivas............................... 77

Cronologia de Zygmunt Bauman......................... 91

Livros escritos em Polonês................................. 95

Livros escritos em Inglês e Espanhol.................... 97

Livros editados em Português............................ 101

Livros em coautoria... 103

Outros textos em Português.............................. 105

Livros sobre Bauman (no exterior)...................... 107

Números de revistas dedicadas a Bauman............. 109

Algumas publicações que, no Brasil, dialogam
com o Sociólogo... 111

Entrevistas disponíveis *on-line*................................ 113
Sites interessantes.. 115
Resenhas de livros de Bauman................................ 117
Referências... 119
Os autores..125

Introdução

Zygmunt Bauman é um sociólogo polonês nascido em 1925, na cidade de Poznan. De origem pobre e judia, foi obrigado a fugir (aos 14 anos), com a família, para a União Soviética durante a invasão dos alemães, logo no início da Segunda Guerra Mundial. Quatro anos mais tarde se alistou voluntariamente no exército polaco e lutou na guerra contra os alemães, na frente russa. Os anos seguintes de sua vida seriam dedicados à caserna, onde o futuro lhe parecia promissor. Ainda no Exército, e de volta à Varsóvia, inicia seus estudos (1946) na Faculdade de Filosofia e Ciências Sociais da Universidade de Varsóvia. Aos 28 anos de idade é, inesperadamente, expulso do Exército devido à sua "condição" de judeu. Não "restou" a ele outra saída que não aquela de dedicar-se integralmente aos estudos em que se graduara. A opção pelo ofício de sociólogo (em vez da Filosofia) foi "inevitável" graças ao "clima" da Polônia de seu tempo (em luta por melhorias sociais), mas principalmente devido à convivência com intelectuais destacados daquela época, em especial os sociólogos Stanislaw Ossowski e Julian Hochfeld, duas grandes influências na formação teórica e política de Bauman, desde os anos iniciais da graduação.

Iniciando sua carreira universitária ainda nos anos 1950 (em 1954 foi o conferencista mais novo da Faculdade de Filosofia e Ciências Sociais da Universidade de Varsóvia, dois anos antes de defender seu Doutorado em Sociologia), em 1961 ele se tornou professor assistente, na mesma instituição, de Sociologia das Relações Políticas, cargo que ocupou até conquistar, em meados dos anos 1960, a cobiçada cadeira de Sociologia Geral da Universidade de Varsóvia. Permaneceu nesse posto até 1968, quando precisou novamente se exilar da Polônia, dessa vez em função dos desgastes e censuras promovidos contra intelectuais, professores e estudantes judeus que, entre outras exigências, lutavam pelo fim do sistema unipartidário polonês, então controlado por Wladislaw Gomulka (1956-1970). A Universidade de Tel Aviv, em Israel, foi seu destino inicial, para logo depois retomar sua vida universitária no Canadá, em Praga, em Viena e na Austrália, até chegar à Inglaterra, em 1971, onde se tornou chefe do Departamento de Sociologia da Universidade de Leeds, instituição na qual ocuparia o cargo de professor titular durante os vinte anos seguintes. Responsável por uma prodigiosa produção intelectual, recebeu os prêmios Amalfi (em 1989, por seu livro *Modernidade e holocausto*) e Adorno (em 1998, pelo conjunto de sua obra). Atualmente, aos 83 anos de idade, é professor emérito de Sociologia das Universidades de Leeds e Varsóvia. Apesar da idade avançada, permanece muito produtivo, lançando vários livros e publicando inúmeros textos nesses últimos anos.

Apesar da profícua produção intelectual e da atuação na vida pública desde os anos 1950, Bauman somente vai ganhar notoriedade no cenário sociológico mundial no final dos anos 1980. No Brasil, seu reconhecimento é ainda mais tardio, fazendo-se aqui notar somente no final da década de 1990, muito em função das várias e recentes publicações de seus livros em português. Desde a repentina proliferação de seus escritos no país, o ecletismo característico de sua escrita sociológica (que se destaca por combinar filósofos, sociólogos e antropólogos de diferentes perspectivas teóricas com a tradição literária)[1] tem despertado a atenção de muitos

---

[1] Inúmeros comentadores no exterior têm destacado as diferentes influências do pensamento de Bauman. Elas englobam autores como Marx, Gramsci, Adorno, Foucault, Levinas, Arendt, Baudrillard, Habermas, Derrida, Rorty, Simmel, Freud, Camus, Kafka, Dostoiévski, Kundera, Borges, entre outros talvez menos centrais na construção de seu pensamento.

pesquisadores e até mesmo do público "não profissional". O resultado mais evidente desse processo é a célere divulgação de suas principais teses em inúmeros campos e fóruns que, embora não propriamente sociológicos, guardam algum tipo de interface com essa tradição. Se tomarmos por base nossa própria experiência, nota-se com uma frequência cada vez maior as referências ao trabalho de Bauman em congressos, em dissertações, em teses, em seminários, nos cursos de pós-graduação, nos artigos científicos, em entrevistas nos jornais, etc. Veiga-Neto e Macedo (2007), aliás, apontaram que o nome de Bauman começa a despontar entre as principais referências dos grupos de pesquisa ligados ao Grupo de Trabalho Currículo, da Associação Nacional de Pós-Graduação em Educação (ANPEd). Estão disponíveis, também, algumas resenhas dos livros de Bauman e vários textos de importantes autores do campo educacional em que ideias e conceitos seus são utilizados.

A esse multifacetado interesse, que transformou Bauman em uma espécie de *best-seller* do mercado editorial brasileiro, não correspondeu, todavia, um crescimento de investigações de maior fôlego com o objetivo de compreender as diversas facetas da teoria sociológica desenvolvida por ele, "inventando", assim, uma tradição de análise de seu pensamento entre nós, brasileiros. Em outras palavras, no campo acadêmico nacional muito se menciona o nome de Bauman, sem que existam pesquisas que, à semelhança do que acontece com outros sociólogos importantes, tencionem e levem ao limite seu pensamento, identificando, diacronicamente, suas influências, suas análises sobre a sociedade contemporânea e como elas ajudam a pensar os campos em que os investigadores e/ou leitores se situam.[2] Levando-se em conta essa ausência, oferecemos uma interpretação de sua obra, apresentando, por um lado, suas ideias e principais

---

[2] No âmbito internacional, a situação é oposta, pois existem vários livros e artigos em periódicos importantes de autores que se dedicam à investigação de seu trabalho.

conceitos, com o intuito de destacar, por outro lado, suas possibilidades e potencialidades para se pensar a educação nesta complexa e bastante incerta sociedade na qual a escola está inserida hoje.

Como vocês podem notar no anexo que acompanha este livro, estamos lidando com um autor com vasta produção caracterizada por uma diversidade de temas e de influências, de maneira que julgamos mais produtivo (e prudente!) trabalhar com determinadas *fases* do pensamento de Bauman.[3] Considerando isso, operamos um recorte em sua obra de modo a privilegiar os escritos que o alçaram à fama no campo sociológico mundial, no final dos anos 1980. Assim procedemos, obviamente, não tanto em função da merecida notoriedade adquirida, mas pautados pela ideia, conforme apontaram Beilharz (2000), Smith (2000) e Blackshaw (2005), três importantes comentadores do sociólogo no âmbito internacional, de que sua produção intelectual circunscrita às décadas de 1960 e 1970 é incomparável, em termos de relevância, com as teses construídas a partir de meados dos anos de 1980, momento em que ele publica os livros *Legisladores e intérpretes: sobre la modernidad, la posmodernidad y los intelectuais* (1987) – ainda não traduzido para o português –, *Modernidade e holocausto* (1988), traduzido dez anos depois, e *Modernidade e ambivalência* (1991), cuja versão brasileira data de 1999. Tais obras marcam, como indicam os estudiosos de Bauman, um ponto de ruptura no seu empreendimento sociológico, pois a análise da relação entre capitalismo e socialismo, seu tema por excelência entre os anos 1960 e 1970, é substituída por uma crítica da modernidade e suas utopias/distopias (Ilustração e Holocausto, por exemplo), o que acabou levando Bauman, por um lado, à aproximação com perspectivas que são interpretadas como pós-modernas

---

[3] Empregamos a ideia de *fases* como um recurso que é também didático. Como ficará claro no livro, a permanência de temas e categorias nas obras com as quais trabalhamos é evidente, sobretudo com a produção de Bauman posterior à década de 1980.

e, por outro lado, desencadeou nele um interesse cada vez maior pela discussão sobre o tema da moral.

Mais recentemente, no que acompanha o movimento de outros sociólogos que lhe são contemporâneos (os ingleses Anthony Giddens e Scott Lash, o alemão Ulrich Beck, mas também o francês Gilles Lipovetsky), Bauman tem evitado, em função das confusões semânticas que a envolvem, o uso da expressão pós-moderno ou pós-modernidade, propondo, como se percebe nos livros publicados a partir do inflexor *Liquid modernity* (traduzido para o português, em 2001, como *Modernidade Líquida*), a metáfora da liquidez como chave de leitura que permite melhor pensar as inúmeras questões existenciais e políticas que acometem os habitantes do atual estágio moderno. O conjunto de livros e análises sobre os variados tópicos da modernidade líquida (globalização, comunidade, identidade, fragilidade dos laços humanos, refugiados, consumo, etc.) compõe, para Tester (2004), a atual *fase mosaica* da escrita de Bauman.

Além de ser reconhecidamente o momento mais profícuo do pensamento de Bauman, são os livros e ensaios produzidos a partir do final da década de 1980 que encontraram forte ressonância em solo brasileiro, em especial as obras que integram a mencionada *fase mosaica* (compulsivamente traduzidos, diga-se de passagem). Não surpreende que sua produção dos anos 1960 e 1970, que compõe sua *fase marxista* (TESTER, 2004), permaneça desconhecida no Brasil,[4] de modo que a história de sua recepção por aqui é muito fortemente vinculada à suas análises sobre a crise da sociedade moderna, à discussão sobre temas variados da "vida pós-moderna" e ao emprego da metáfora da liquidez para refletir sobre múltiplas facetas da vida contemporânea. Em

---

[4] O único livro desse período com versão entre nós é *Por uma sociologia crítica: um ensaio sobre senso comum e emancipação* (1977), obra que praticamente não teve ressonância na discussão sociológica brasileira. Há também um texto de Bauman ("Macrossociologia e pesquisa social na Polônia contemporânea") publicado na coletânea com o título *Sociologia*, do ano de 1976.

comum, nesses livros e ensaios posteriores à década de 1970, há a crítica da modernidade como *excesso*, como um modo de vida capaz de gerar tanto a ordem como a ambivalência, tanto o amigo como o inimigo, a pureza e a sujeira, a identidade e a diferença, o turista e o vagabundo, a tecnologia e o refugo, em suma, capaz de produzir o progresso mas, ao tempo, a propagação da barbárie e do lixo humano (BEILHARZ, 2006). Neste livro, vamos dialogar prioritariamente com essa dimensão da obra de Bauman.[5]

Não obstante essas reordenações metateóricas em seu pensamento, o que, aliás, lhe rendeu o título (com o qual não concorda!) de profeta da pós-modernidade (SMITH, 2000), é consensual entre seus comentadores a ideia de que se mantém, em toda extensão de sua sociologia, a defesa da liberdade, da igualdade e da emancipação com vistas ao desenvolvimento de uma sociedade que pudéssemos adjetivar como boa, quer dizer, um tipo de organização social que, ao medir sua qualidade pela capacidade de seu pilar mais frágil, obsessivamente se considera como sendo insuficientemente boa, pois envolvida na interminável luta por justiça social e por uma vida mais digna a cada um dos seus moradores.

Considerando o exposto, dividimos o livro em quatro capítulos, assim distribuídos.

No capítulo 1, com o título "Dialética da modernidade: entre a ordem como tarefa e a ambivalência como refugo", apresentamos aos leitores a crítica de Bauman à sociedade moderna (Fase Modernista). Mostramos como as estratégias *legisladoras* dos intelectuais e os mecanismos de *jardinagem* empregados pelo moderno Estado-Nação foram funcionais para o projeto de uma sociedade "ordenada", indisposta com toda e qualquer ambivalência, diferença ou *estranheza* de seus habitantes.

---

[5] Aos interessados em acessar os escritos de Bauman anteriores ao período que tomamos na análise, um bom começo é o livro de Tester e Jacobsen (2006): *Bauman Before Postmodernity: invitation, conversations and annotated bibliography 1953-1989*.

No capítulo 2, intitulado "Da Modernidade sólida à Modernidade líquida", continuamos a expor a crítica do sociólogo à modernidade após a elaboração de sua famosa trilogia, procurando demonstrar como essa leitura e crítica prossegue na sociedade contemporânea (configurando a chamada *fase mosaica* de sua sociologia), momento em que antigos temas são atualizados (inclusive com a criação de novas metáforas) e confrontados com acontecimentos societários dos últimos anos. É a ocasião para apresentarmos aos leitores alguns aspectos de nossa atual condição moderna, líquida, em contraposição à sua "etapa" anterior, sólida. Enfrentamos a seguinte questão: o que sustenta, em Bauman, a transição da modernidade sólida à modernidade líquida?

No capítulo 3, "Entre a legislação e a interpretação: implicações para o discurso escolar e formativo", após situar o papel reservado à instituição educacional no estabelecimento da *ordem como tarefa* da modernidade (sólida), procuramos refletir sobre a atualidade dessa função, levando-se em conta (1) a inserção da escola em uma sociedade não mais disposta a estabelecer práticas de homogeneização cultural e (2) a atual caracterização do discurso intelectual na modernidade líquida. Nesse movimento, enfrentamos alguns desafios epistemológicos que esse novo discurso apresenta às teorias e às práticas de formação.

No capítulo 4, como o próprio nome indica ("Dilemas e desafios educacionais na Modernidade líquida"), seguimos com a estratégia de buscar as implicações pedagógicas da sociologia de Bauman. Dessa vez, vamos nos ocupar das dificuldades e das possibilidades abertas à escola e às teorias e práticas formativas levando-se em conta a transição da modernidade sólida à modernidade líquida. O fio condutor do capítulo foi a reflexão sobre o preceito moderno-sólido da *educação por toda vida*.

Reservamos as considerações finais ("Bauman e a Teoria Educacional no Brasil: recepção atual e perspectivas") para um rápido balanço de nosso percurso no livro. Foi ocasião também para situar, por um lado, alguns usos já feitos da sociologia de Bauman no campo educacional brasileiro e, por outro, seu trabalho em relação a recentes deslocamentos nas práticas e teorizações curriculares.

Nos anexos, apresentamos uma cronologia sobre a vida e a obra de Bauman. Disponibilizamos também uma lista com: suas principais publicações, seja na língua materna, seja no inglês, seja no português; livros escritos em coautoria; edições de revista dedicadas ao sociólogo; estudos sobre sua obra; outros textos de Bauman em português; *links* úteis com entrevistas, resenhas e informações interessantes sobre o autor.

Vale dizer, ainda, que todas as traduções utilizadas dos livros de Bauman e de seus comentadores no exterior são livres e de total responsabilidade dos autores deste livro.

Dialética da modernidade:
entre a ordem como tarefa e a ambivalência como refúgio

Retomando diacronicamente a obra de Bauman, arriscamos dizer que o conceito de ordem foi eleito como chave de leitura para a compreensão da civilização moderna (a ordem seria, conforme ele acredita, o arquétipo de todas as outras tarefas modernas, pois torna todas elas meras metáforas de si mesma). Temos pelo menos duas boas razões para advogar essa centralidade: por um lado, ordem é o elo da trilogia responsável por conferir notoriedade a Bauman e garantir seu lugar entre os grandes nomes da sociologia no final do século XX; por outro lado, é sua presença que, (in)diretamente, fornece a direção de seus escritos posteriores, posição essa que também é compartilhada por Beilharz (2000).

Mas os leitores ainda não familiarizados com o sociólogo poderiam estar se perguntando: no que consiste a ordem como conceito nevrálgico de leitura da época moderna? Vamos tentar dirimir essa dúvida apresentando como o sociólogo construiu sua crítica da sociedade moderna como o *império da ordem*.[6] Nesse percurso, a estratégia é descrever algumas ideias centrais de Bauman nos livros *Legisladores*

---

[6] Como a modernidade é um termo que atravessa todo o livro, é importante os leitores saberem que Bauman o emprega em referência ao período histórico que iniciou na Europa do século XVII, ao mesmo tempo em que uma série de transformações socioestruturais e intelectuais acontecia nesse continente, atingindo sua maturidade (cultural) com o avanço do Iluminismo e com o desenvolvimento da sociedade industrial (tanto no modelo capitalista como no socialista).

e intérpretes: sobre la modernidad, posmodernidad y los intelectuais (1997a), *Modernidade e holocausto* (1998a) e *Modernidade e ambivalência* (1999a), obras que compõem sua famosa trilogia.

Em Bauman, *ordem* é o resultado da função nomeadora e classificadora desempenhada por toda e qualquer linguagem. Ordenar consistiria nos atos de incluir e excluir, separar e segregar, discriminando o "joio do trigo" para estruturar e dividir o mundo entre aqueles que pertencem ao quadro linguístico criado, representando sua limpeza e beleza, e aqueles que distorcem tal paisagem, evidenciando suas ambiguidades, sujeiras e ambivalências. O que "fez" a modernidade? Ela toma para si este trabalho de estruturação e classificação da linguagem, pois a "mente" moderna "nasceu" juntamente com a ideia de que o mundo, operando como um sistema linguístico, pode ser criado a partir de um trabalho de separação e destruição do refugo. Podemos dizer, a partir de Bauman (1999a), que a existência é moderna na medida em que contém a alternativa da ordem e do caos, ao passo em que é guiada pela premência de classificar e projetar racionalmente o que de outra forma não estaria lá: de projetar a si mesma, eliminando todo e qualquer tipo de desordem ou imprevisto. A isto podemos chamar de impulso modernizador: limpar o lugar em vista do novo e do melhor.

Para empregar uma linguagem sociológica mais comum, *ordem* significa um meio altamente regular, estável, monótono e previsível para as nossas ações; um mundo em que a probabilidade dos acontecimentos não esteja submetida ao acaso, mas arrumadas em uma hierarquia irrestrita de modo que certos acontecimentos sejam altamente prováveis, outros menos prováveis e alguns virtualmente impossíveis. Isso significa que, em algum lugar, alguém, como um ser supremo (im)pessoal, deve interferir nas probabilidades, manipulá-las e viciar os dados, garantindo que os eventos não ocorram aleatoriamente. O resultado desse mecanismo é que uma forma de vida só poderia ser admitida no reino do tolerável e ganhar *status* de cidadania se fosse, primeiro, "naturalizada" e subjugada de uma forma em que pudesse ser plenamente traduzida na linguagem da escolha racional, que é a da modernidade. A suposição de

> [...] um direito monopolista de atribuir sentido e de julgar todas as formas de vida a partir do ponto de vista superior desse monopólio é a essência da ordem social moderna. (BAUMAN, 1999a, p. 235)

Dar ordem ao mundo, portanto, significa dotá-lo de uma estrutura cognitiva, estritamente racional, na qual sabemos, com toda certeza, de que modo prosseguir e, no caminho, quem são os amigos, os inimigos e os estranhos.[7]

A sociologia de Bauman demonstra que o sonho moderno de uma sociedade ordenada acabou (re)produzindo o seu contrário, quer dizer, mais desordem, mais caos ou, para falar conforme a expressão que ele empregou para caracterizar essa tendência, mais *ambivalência*. Sua tese, melhor expressa em *Modernidade e ambivalência* (1999a), é a de que o impulso para a ordem dotada de um propósito retirou toda sua energia do horror à ambivalência. Paradoxalmente, foi mais ambivalência o produto final dos impulsos modernos para a ordem, o que faz do significado mais profundo da ambivalência a impossibilidade da ordem. Assim como a ambivalência é o *alter ego* da prática linguística, o caos é o *alter ego* da construção da ordem. Essa é a aporia em que a modernidade se manobrou ao eleger a ordem como sua grande utopia (que acaba por produzir suas próprias distopias). Conforme as palavras de Bauman (1999a, p. 23),

> A ordem e a ambivalência são igualmente produtos da prática moderna; e nenhuma das duas tem nada exceto

---

[7] É importante relativizar o caráter absoluto que, às vezes, a escrita de Bauman parece denotar. Por exemplo, as metáforas da ordem, da solidez, da liquidez devem ser realmente tomadas como metáforas, ao invés de serem vistas como aquilo que efetivamente aconteceu ou acontece na prática. Essa postura previne possíveis mal-entendidos.

a prática moderna – a prática contínua, vigilante – para sustentá-la. Ambas partilham da contingência e da falta de fundamento do ser, tipicamente modernas. A ambivalência é, provavelmente, a mais genuína preocupação e cuidado da era moderna, uma vez que, ao contrário de outros inimigos derrotados e escravizados, ela cresce em força a cada sucesso dos poderes modernos. Seu próprio fracasso é que a atividade ordenadora se constrói como ambivalência.[8]

Gostaríamos de enfatizar, doravante, a maneira pela qual (1) a emergência de um novo tipo de *poder estatal*, com recursos e vontades necessárias para configurar e administrar o sistema social de acordo com um modelo pré-estabelecido de ordem, e (2) o estabelecimento de um *discurso intelectual* capaz de sustentar aquele modelo e as práticas necessárias à sua implementação, constituíram-se em esforços fundamentais para a invenção da engenharia social que fez da ordem sua suprema preocupação. É esse exercício que nos colocará em condições de entender a crítica de Bauman à sociedade moderna. Iniciemos pelo segundo propósito.

Essa é uma história que Bauman começa a narrar ainda em *Legisladores e intérpretes: sobre la modernidad, la posmodernidad y los intelectuais*. Conforme a argumentação presente nessa obra, o conceito de intelectual moderno extraiu seu significado da memória coletiva da *Ilustração* europeia. O projeto da *República das letras*, supostamente ditado pela suprema e inquestionável autoridade da razão, fornecia os critérios para avaliar a sociedade, indicando *o que* e *como* fazer para se levar uma vida sem desvios e, assim, mais moral. Argumenta Bauman que a razão filosófica não podia ser senão um poder prescritivo, sendo os filósofos as pessoas dotadas com acesso mais direto à razão genuína,

---

[8] Ainda de acordo com Bauman (1999a, p. 242), a ambivalência parece "[...] medrar dos próprios esforços para destruí-la, tornando cada vez mais distante e nebulosa a perspectiva original de um mundo ordeiro e racionalmente estruturado inscrito num sistema social igualmente ordenado e racional. A ânsia instruída de escapar à 'confusão' do mundo exacerbou a própria condição de que se queria escapar".

liberta dos interesses estreitos. Sua tarefa seria descobrir que tipo de comportamento a razão ditaria à pessoa comum, sem o qual a felicidade do povo jamais seria alcançada. Essa razão filosófica, conforme sua descrição, era qualquer coisa, menos contemplativa; não bastava a ela interpretar o mundo, era preciso transformá-lo; e os filósofos, únicos Verdadeiramente dotados da Razão, tinham a resposta para isso.

Para realçar ainda mais as ambições dessa razão filosófica (postulando, inclusive, maior legitimidade do que ela), a razão científica (ciência) foi "convocada" para legitimar o sonho da sociedade governada pela razão dos "sábios entre os mais sábios". As consequências desse "convite" foram muito bem exploradas por Bauman nos dois outros livros de sua trilogia, obras que evidenciam como a poderosa vontade (de poder) dos cientistas e o exercício do direito exclusivo de decretar os significados últimos da vida, transformaram literalmente os seres humanos em "natureza", em matéria, objeto maleável que pode e deve ser corretamente administrado. Quando esse domínio se torna inconteste diante de outras considerações que não a mera instrumentalidade da ciência, os "problemas" científicos somente têm que ser claramente formulados, pois o "resto" é questão da correta solução tecnológica.

Como Bauman exerce o ofício de sociólogo, é compreensível sua preocupação com os efeitos sociais da configuração assumida por essa dupla razão discursiva. O processo civilizador por ela desencadeado teria originado uma dicotomia: no lado do extremo ativo do espectro resultante, nas elites culturais, se gerava uma preocupação crescente por formar-se e instruir-se. No lado passivo, sedimentava-se cada vez mais uma tendência a biologizar, a medicalizar e a criminalizar, o que foi conseguido graças ao desenvolvimento de uma série de tecnologias disciplinares com o objetivo de fiscalizar e orientar a conduta do povo na direção da ordem racional. Levando isso em conta, o sociólogo irá propor que a metáfora que melhor caracteriza a estratégia tipicamente moderna do intelectual é a do papel de *legislador*. Esta consiste em fazer afirmações de autoridade que arbitram em controvérsias de opiniões e escolhas que, após selecionadas, passam a ser corretas (BAUMAN, 1997a). Como são dotados de um conhecimento "superior" e mais "objetivo", os postulados que se destinam aos "outros" (ao povo, ao cidadão comum) vêm na forma heterônoma da lei ou da norma moral. Não existe, desse modo, horizontalidade na relação estabelecida entre a classe intelectual e a classe não intelectual da sociedade (o próprio fato de se estabelecer essa distinção expressa isso), mas a imposição da perspectiva que se julga em melhores condições de acessar as regras procedimentais que asseguram a conquista da verdade, do juízo moral válido e da seleção de um gosto mais apropriado.

Nessas circunstâncias (biopolíticas!), aprendemos com Bauman que a diferença entre o espaço controlado e o incontrolado é aquela mesma entre civilidade e barbaridade. O resultado desse processo, que supostamente levaria do *mito ao esclarecimento*, encontrou no casamento do saber com o poder (do Estado-Nação) as condições objetivas para sua efetivação. Para Bauman, foi só na modernidade que houve a realização da filosofia/ciência política na prática, como mecanismo de *governo*, de disciplina, de comando e ordenação dos povos, um tema, como se sabe, central na obra de Michel Foucault.[9] Esse casamento foi condição *sine qua non* para as ambições do Estado moderno. O ponto culminante dessa união pode ser visto no nacional-socialismo (mas também no stalinismo), como brilhantemente analisado por Bauman (1998a) em *Modernidade e holocausto*.

Enquanto os poderes modernos (Estado-Nação) mantiveram a pretensão, guiados pela razão, de universalizar um

---

[9] A influência de Foucault na obra de Bauman é sentida pela primeira vez no livro *Memories of class*, do ano de 1982, reaparecendo em *Legisladores e intérpretes: sobre la modernidad, la posmodernidad y los intelectuais* até chegar aos capítulos do livro *A liberdade*, escrito em 1988 (traduzido para português de Portugal em 1989). A respeito das relações entre Bauman e Foucault, sugerimos a leitura de Smith (2000). No Brasil, Alfredo José da Veiga-Neto e Marisa Vorraber Costa se destacam por realizar uma interlocução entre Bauman e Foucault.

determinado projeto de ordem, superior a todos os demais, os intelectuais: (1) tiveram pouca dificuldade em formular sua própria pretensão a um papel crucial no processo (a universalidade era seu domínio e seu campo de especialização); (2) consideraram seu ofício (a promoção de uma racionalidade universalmente válida) um veículo importante e uma força propulsora do progresso; (3) puderam contar com poderoso apoio à sua autoridade de julgar e separar o verdadeiro do falso, ou o conhecimento da mera opinião; (4) se convenceram que o destino da moralidade, da vida civilizada e da ordem social dependia de suas decisões e da prova final de que o "dever" humano é inequívoco e que essa ausência de ambiguidade tem fundamentos inabaláveis e totalmente confiáveis (BAUMAN, 1999a).

A narrativa do sociólogo demonstra, assim, a forte afinidade entre a estratégia da razão legislativa e a prática do poder estatal (a razão de Estado) empenhada em impor a ordem desejada sobre a realidade rebelde. As ambições planificadoras de sua racionalidade política se harmonizavam bem com o desejo universalizante do proselitismo intelectual. A política do Estado e o esforço civilizador dos intelectuais

> [...] pareciam atuar na mesma direção, alimentar-se e reforçar-se reciprocamente e depender um do outro para seu êxito. [...] Empregando suas técnicas panópticas, o Estado prospera com divisões, separações e classificações burocráticas.[10] (BAUMAN, 1997a, p. 225)

Ao buscarem uma homogeneidade étnica, cultural, religiosa e linguística, os Estados modernos desenvolveram uma propaganda incessante de atitudes nacionalistas, *inventando tradições* conjuntas e deslegitimando teimosas heranças que

---

[10] O papel do sistema burocrático (e sua imensa parafernália) no estabelecimento da sociedade ordenada foi meticulosamente analisado por Bauman em *Modernidade e holocausto* (1998a). São surpreendentes as afinidades (reconhecidas pelo próprio Bauman [1998a, 1999a]) dessa análise com aquela anteriormente desenvolvida pelo filósofo alemão Theodor W. Adorno, em sua crítica da racionalidade instrumental (ALMEIDA, 2007).

não se enquadravam nas *comunidades imaginadas* em construção. Se Bauman empregou a metáfora da *legislação* para caracterizar o papel dos intelectuais na construção da *ordem como tarefa*, ao Estado, nesse processo, reservou a metáfora da *jardinagem*. Se as identidades coletivas, outrora fornecidas pela tradição, foram "desencaixadas" e artificialmente produzidas, Bauman chega à conclusão de que, à semelhança de um *jardineiro*, o Estado moderno "[...] deslegitimou a condição presente (selvagem, inculta) da população e desmantelou os mecanismos existentes de reprodução e autoequilíbrio. Colocou em seu lugar mecanismos construídos com a finalidade de apontar a mudança na direção do projeto racional" (BAUMAN, 1999a, p. 29). Essa transformação, ao determinar a supressão dos antigos *guarda-bosques* pré-modernos e promover sua substituição pela figura do *jardineiro*, transformou a cultura moderna em um imenso *canteiro de jardim*, a espera de cultivo e proteção. Se cultivar a terra significa uma atividade, um esforço e uma ação racionais, meticulosamente preparados para arar, semear, colher e, também, combater as pragas, essa exatamente foi a tarefa assumida, pelo *Estado jardineiro*, em relação à sociedade humana. Diferentemente das *culturas silvestres*, cuja reprodução da (des)ordem dá-se espontaneamente, as *culturas de jardim* necessitam, para reproduzir-se, de um plano e de supervisão. Sem eles, a selva lhes invadiria. Em todo jardim, dessa forma,

> [...] há uma sensação de artificialidade precária; requerem a atenção constante do jardineiro, dado que num momento de descuido ou de mera distração os devolveria ao estado do qual surgiram (e que tiveram que destruir, excluir ou por sob controle para poder surgir). Por melhor estabelecido que esteja, nunca se pode contar que um desenho de jardim se reproduza por si mesmo, e tampouco pode-se confiar que assim faça com seus próprios recursos. As pragas – essas plantas não convidadas, não-programadas, autônomas – estão ali para destacar a fragilidade da ordem imposta; alertam ao jardineiro acerca da eterna exigência de supervisão e vigilância. (BAUMAN, 1997a, p. 77)

Para utilizar de uma linguagem metafórica, eliminar as plantas inúteis dos jardins significava segregar ou deportar as substâncias ou elementos dissonantes do projeto inicial do jardineiro. Há, contudo, um pequeno detalhe: como a natureza é mais plástica e imprevisível do que gostaria o "dono do projeto", sempre algumas indesejáveis ervas daninhas aparecem para estragar sua criação estética, sendo concebidas como verdadeiras pragas de seu esmero ordenador. É claro que não é da natureza dessas ervas daninhas ser concebida como refugo. Elas somente são assim classificadas por que, em todo jardim, decreta-se de antemão o que é legítimo ou não para se multiplicar.

O mesmo raciocínio, mais uma vez, é válido para a sociedade e as ervas daninhas que ela gera, de modo que Bauman identifica os *estranhos* (e sua condição, a estranheza) como os autênticos refugos do zelo ordenador do *Estado jardineiro*. Foi à visão da ordem que os estranhos modernos não se adaptaram; simplesmente por estarem nas proximidades, "eles se intrometeram" no trabalho que o *Estado jardineiro* jurou realizar e minaram seus esforços por realizá-los. Na ordem harmoniosa e racional prestes a ser constituída, não havia espaço para *os nem uma coisa nem outra*, para os que eram cognitivamente ambivalentes ou, para empregar a expressão que Bauman toma do filósofo Jacques Derrida, *indecidíveis*.

Construir a sociedade ordenada foi, nada mais nada menos, que uma batalha empreendida contra os estranhos e os diferentes, lançando-os, assim, em um estado de extinção contida, uma anomalia a ser retificada. Nesse contexto, a assimilação (cultural e física) foi uma declaração de guerra à ambiguidade semântica dos diferentes.[11] A ansiedade e o medo gerados por sua simples presença constituíram um desafio à confiabilidade dos limites e instrumentos universais da ordenação, pois foram definidos, *a priori*, como uma

---

[11] O tema da assimilação, além de ser discutido por Bauman em *Modernidade e ambivalência* (1999a) e *Modernidade e holocausto* (1998a), é foco de seu livro *Paradoxes of assimilation*, publicado em 1990.

ameaça à clareza do mundo e à inquestionável autoridade da razão. O pecado dos estranhos, portanto, é a incompatibilidade entre sua presença e a dos demais, borrando todas as oposições (binárias) que constituem a busca da ordem. Como disse Bauman (1999a, p. 65), "A subdeterminação é a sua força: porque nada são, podem ser tudo".

Esse era exatamente o caso, como Bauman descreveu em *Modernidade e Holocausto* (1998a), dos judeus na nação hitlerista. Afinal, eles não eram, para retomar a linguagem do jardineiro, apenas uma planta diferente daquelas contidas no jardim de Hitler (seu *Reich* de mil anos). Eram, sim, uma antiplanta (uma antirraça, segundo a definição dos antissemitas), que minavam e envenenavam todas as outras, solapando a própria ordem social, uma vez que sua mensagem não é outra ordem, mas o caos e a devastação. Sua existência era a própria perdição da ordem hitlerista. Sua eleição como estranhos (ao lado de negros, homossexuais, deficientes, etc.) permitiu que as inerentes contradições do projeto ordenador fossem separadas, identificadas, objetivadas e isoladas, fundidas em um todo coerente, confortavelmente formuladas como uma contribuição estranha nascida de motivos adversos, realçados e condenados. Foram, de fato, construídos como a viscosidade arquetípica do "[...] sonho de ordem e clareza, como o inimigo de toda ordem, velha, nova e, particularmente, a ordem desejada" (BAUMAN, 1998a, p. 78). O racismo daí resultante foi a voz de alarme mais estridente em face dessa ambivalência semântica dos judeus: há coisas (raças) que não podem e não devem ser assimiladas; há coisas estranhas e que jamais deixarão de sê-lo: não basta isolar, deportar, é preciso exterminar (BAUMAN, 1995, 1998a, 1999a). Em seus livros mais recentes (2004a, 2005a, 2005b, 2006, 2007a), o sociólogo tem tomado de empréstimo do filósofo italiano Giorgio Agamben o modelo ideal típico de pessoa excluída oferecido pelo *homo sacer* para caracterizar essa principal categoria de "estranho" estabelecido no curso da moderna produção de domínios soberanos que visam à construção da ordem.

A esta altura da leitura, deve estar claro que as ambições de *jardinagem* do Estado e o discurso *legislador* dos filósofos e dos cientistas modernos visavam umas as outras e, para o bem ou para o mal, estavam condenadas a permanecer juntas, tanto na guerra como na paz. Na crítica de Bauman, portanto, essa coincidência entre o governo das ideias e a disciplina baseada na vigilância somente pode parecer contraditória se esquecermos as raízes sociais da idade da razão. É por isso que ele enxergará no projeto da *Ilustração* uma resposta às novas problemáticas e demandas práticas colocadas, atualizadas pelos legisladores modernos e pelo Estado a que serviam. Os legisladores se dirigiam aos donos do poder, e o que relatavam a eles estava relacionado com as racionais condutas futuras do povo. O tópico desse discurso era a metodologia para racionalizar a reprodução da ordem social. Conforme as palavras do próprio Bauman (1997a, p. 118), inegavelmente influenciadas pela análise foucaultiana,

> O movimento intelectual documentado na história como 'a era da ilustração' não foi (contrariamente à versão *whig* da história) um enorme exercício de propaganda em nome da verdade, da Razão, da ciência, da racionalidade; tampouco o nobre sonho de levar a luz da sabedoria aos confundidos e oprimidos. A Ilustração foi um exercício de duas partes distintas, ainda que intimamente relacionadas. Em primeiro lugar, a da extensão dos poderes e ambições do Estado, a transferência a este da função pastoral antes exercida (de uma maneira que, em comparação, tinha sido incipiente e modesta) pela Igreja, e a reorganização do Estado em torno da função de planificação, desenho e manejo de reprodução da ordem social. Em segundo lugar, da criação de um mecanismo social completamente novo e conscientemente elaborado de ação disciplinadora destinado a regulamente e regularizar a vida socialmente pertinente dos súditos do estado centralizador e administrador.

Existem motivos suficientes, conforme argumentamos até aqui, para nos precavermos em relação aos processos modernos e suspeitar das ferramentas (razão, ciência, burocracia, Estado, etc.) capazes de torná-los verdadeiros. São essas razões que ligam a crítica de Bauman, explicitada no livro *Modernidade e holocausto* (1998a), à teoria do processo civilizador desenvolvida por seu colega de ofício, o sociólogo alemão Norbert Elias. É sobejamente conhecido que o argumento central de Elias (1993a, 1993b), nos volumes I e II de *O processo civilizador*, se assenta no avanço dos modos racionais da conduta diária (uma racionalização das maneiras e do corpo) e no monopólio estatal da violência legítima. Conforme a interpretação de Bauman,[12] emerge da descrição de Elias, a despeito do *brilhantismo* que ela encerra (BAUMAN, 1997a), a compreensão do impacto fundamentalmente humanizador da organização social/cultural sobre pulsões que governam a conduta de indivíduos ainda não completamente socializados, o que acaba por reforçar o mito etiológico da civilização moderna como sendo *A Sociedade*, aquela a qual chegamos porque guiados pela orientação exercida pelos detentores da verdade e por um *Estado jardineiro* disposto a realizar a ordem previamente projetada, garantindo a construção dos bons costumes e impedindo a propagação do caos e da violência desmedida.

Essa visão, embora necessariamente não enganosa, é apenas o verso da história que tanto admiramos, pois todo progresso da civilização traz consigo, em seu reverso, muito mal-estar. Concentrando-se apenas em uma faceta desse processo histórico, aquela vinculada às maiores realizações da sociedade moderna e seu crescente humanismo, a teoria de Elias desvia a atenção da permanência do potencial alternativo e destrutivo do processo civilizador e efetivamente marginaliza a crítica que insiste na duplicidade do moderno acordo social, que produz a "civilidade" e a ordem, mas também a barbárie, a desordem e o caos. Essa leitura, aliás,

---

[12] Aos interessados em entender um pouco mais da relação entre a sociologia de Bauman e a de Elias, consultar Zabludovsky (2005) e Burkitt (1996). Uma resposta à interpretação baumanina da sociologia de Elias pode se obtida no texto de Dunning e Mennell (1998).

é o que "garante" o pertencimento de Bauman à tradição de pensamento segundo o qual as atrocidades cometidas (em nome da razão) ao longo do século XX não constituem um *estado de exceção* em sua história (um colapso da civilização, uma recaída na barbárie, como aparece em Elias), mas a expressão mesmo de sua *regra geral*.

Procurando ratificar esse tipo de interpretação, Bauman defenderá a ideia segundo a qual a racionalização cada vez maior das relações cotidianas e a repulsa cultural contra a violência (mesmo que cometida pelo Estado) mostraram-se incapazes de impedir as grandes tragédias do século XX (Auschwitz, Gulag, Hiroshima, duas Guerras Mundiais, etc.), pois todas as salvaguardas civilizacionais falharam em conter os excessos do controle ordenador responsável por esses episódios. Diante dessa realidade, Bauman nos conclama a avaliar o fato de que a modernidade *pode também* ser concebida como um período que despojou a avaliação moral do uso e exibição da violência, emancipando os anseios da racionalidade da interferência de normas éticas e das inibições morais. Qual, então, a lição que ele extrai dessa experiência? "A civilização mostrou-se incapaz de garantir a *utilização moral* dos terríveis poderes que trouxe à luz" (BAUMAN, 1998a, p. 136).

Como consequência desse aprendizado, Bauman propõe uma "saída", digamos, pouco comum a um sociólogo de profissão: a prática e a teoria moral precisam enfrentar a possibilidade de o comportamento moral poder se manifestar em uma situação de insubordinação face a princípios socialmente sustentados e em uma ação abertamente em contradição com a solidariedade e consensos sociais. Algo da ordem daquilo que a politóloga Hannah Arendt (inúmeras vezes referenciada por Bauman) formulou como *a responsabilidade moral de resistir à socialização*. Bauman assumiu com tanta seriedade esse imperativo que não surpreende que tenha partido à procura de outras bases para fundamentar o agir humano, que não ficasse mais limitado a obedecer às normas e preceitos (morais e éticos) fundados racionalmente e pelas inúmeras "fábricas sociais da moralidade" (*Estado jardineiro*, tradição, comunidade, partido político, etc.). E nessa busca pelas "fontes pressocietárias da moral" é que ele encontra a modalidade existencial do social tal como definida na filosofia moral de Emmanuel Levinas, esboçando, a partir daí, os "fundamentos" morais de sua teoria sociológica.[13]

Ao chegarmos ao final do capítulo, nossa expectativa é a de que os leitores tenham captado que, para Bauman, não há sociedade ordenada sem medo e humilhação e que inexiste luta contra a desregrada contingência da condição humana que não faça supérfluos, no fim de tudo, os seres humanos. Malgrado esse diagnóstico, vem da própria sociologia de Bauman os motivos da esperança: se o século XX pode entrar para a história da humanidade como o século dos campos de concentração,[14] da mesma maneira que o século XVIII foi entronizado como o século das Luzes, é também possível que ele passe à história como o século do despertar: reavaliação **moral** do passado, de sua inerente tendência e de seu potencial genocida (BAUMAN, 1995). De igual maneira, há também expressa a esperança de que, mais cedo ou mais tarde,

> [...] chegaremos a um entendimento sobre a pluralidade e a diversidade do mundo e de seus habitantes – que os veremos como uma oportunidade, não como uma ameaça, e talvez até acrescentemos à mera tolerância da variedade a solidariedade ao outro e ao diferente. (BAUMAN, 2000b, p. 98)

---

[13] Por mais de uma vez Bauman escreveu e disse ficar muito contente quando contemplam sua sociologia a partir das relações que ela estabelece com a discussão sobre o tema da moral. No Brasil, o leitor pode entender a importância dessa influência consultando o livro *Ética pós-moderna*, publicado em 1993 (disponível por aqui quatro anos depois), mas também os capítulos finais de *Modernidade e holocausto* (1998a). Quem quiser se aprofundar no assunto, sugerimos checar também *Morality, Immorality and Other Life Strategies* (1992), *Life in Fragments. Essays in Postmodern Morality* (1995) (ambos ainda não disponíveis em português).

[14] Ou, então, o século XXI entrar para a história como o século dos campos de refugiados (da guerra, da migração econômica, etc.).

Conforme a interpretação que fazemos da análise de Bauman, é exatamente a "condição" pós-moderna ou a "sensibilidade" que ela engendra que nos fornece essa esperança. Para isso, seria importante deixar de lado todos os preconceitos e confusões semânticas que esse termo suscitou e suscita ainda hoje e, com Bauman, passar a enxergá-lo como a possibilidade de um novo ponto de observação no interior da própria modernidade, capaz de permitir a reflexão sobre o projeto da *ordem como tarefa* e julgar sua (in)congruência, seus ganhos, perdas e os efeitos da turbulência que ele provocou. Ser um sociólogo da pós-modernidade, aliás, significa assumir essa perspectiva em relação à sociedade moderna, analisando-a criticamente, em vez de tomar o que precisa ser explicado como a própria explicação (tarefa que exatamente permite distinguir o sociólogo da pós-modernidade do sociólogo pós-moderno).[15] Isso torna a pós-modernidade, pelo menos como ela aparece na obra de Bauman, como o "tempo" em que a modernidade tem condições de, finalmente, atingir sua maioridade, pois tornada mais sábia e desconfiada de tantas esperanças passadas que se transformaram em pesadelo, se libertando de velhas ilusões, emancipada de antigos devaneios e aberta ao inesperado, à contingência e à ambivalência, disposta a admitir (e não se aborrecer por isto) a presença do abominável vazio de sentido e a ausência de finalidade última de qualquer projeto. Pós-modernidade é a modernidade que admite jogar dados, desde que esses não estejam de antemão viciados por algum legislador supremo.

---

[15] Bauman não se considera um pós-modernista, e sim, um sociólogo da pós--modernidade, que procura compreender as mudanças e os mistérios deste tipo de sociedade na qual estamos inseridos. Em tom irônico, o autor (2004b) diz que, da mesma maneira que ser um ornitólogo não significa ser um pássaro, ser um sociólogo da pós-modernidade não caracteriza o pesquisador social como um pós-modernista. Podemos complementar essa descrição, radicalizando a ironia, que nem tão pouco ser um analista da modernidade líquida significa ser o Homem-Fluido (personagem do desenho animado *Os impossíveis*, que se transformava em líquido). Sobre o tema da modernidade líquida, retornaremos a ele no capítulo a seguir.

Não estamos livres, mesmo em condições pós-modernas, da constituição ambígua da modernidade. Sendo assim, as possibilidades abertas por essa "nova" situação trazem consigo inéditos temores e anseios, que dão forma aos mal--estares típicos da modernidade líquida. Livrar-nos do que nos causava aflição certamente traz alívio. Mas o alívio logo se dissipa quando "descobrimos" que a "nova" sociedade também possui seus aspectos desagradáveis, até então imprevistos e invisíveis. Incerteza privatizada, fragilidade dos laços humanos, flexibilidade e precariedade no trabalho, criminalização da pobreza e encolhimento do espaço público, são alguns traços da nova situação (líquida e heterônoma) em que vivemos. E é com elas que Bauman tem se ocupado naqueles livros que configuram sua *fase mosaica*, alvo de nossa análise no próximo capítulo.

DA MODERNIDADE SÓLIDA À MODERNIDADE LÍQUIDA

Nos livros que integram a *fase mosaica* (TESTER, 2004),[16] o sociólogo atualiza sua leitura e crítica da modernidade, confrontando-a com acontecimentos societários mais recentes e explorando-a na direção de temáticas inéditas à sua sociologia. É dessa época o emprego de duas novas metáforas para a caracterização da sociedade moderna: a solidez e a liquidez. O autor busca em Marx (mais especificamente no *Manifesto comunista*, escrito com Engels) a inspiração para a criação dessas metáforas da *fase mosaica*. É de Marx e Engels a famosa sentença segundo a qual, na modernidade, "tudo o que é sólido se desmancha no ar". Desde seu início, a sociedade moderna se caracterizou por um trabalho de "destruição criativa" ou "criatividade destrutiva" no sentido de "limpar o lugar" em nome do novo e do "melhor", solapando tradições e profanando o sagrado com vistas a moldar o novo espaço conforme suas ambições. Se isso é verdade, o sociólogo irá destacar uma diferença fundamental entre o que foi feito no passado e o que é feito hoje, vários anos

---

[16] Fazem parte desta fase os livros elaborados a partir da trilogia composta pelas obras *Globalização: as conseqüências humanas* (1999b), *Em busca da política* (2000a) e *Modernidade líquida* (2001a). São eles os publicados no Brasil: *Comunidade* (2003), *Amor Líquido* (2004a), *Vidas desperdiçadas* (2005a), *Identidade* (2005b), *Europa: uma aventura inacabada* (2006), *Vida líquida* (2007a), *Tempo líquido* (2007b), *Medo líquido* (2008a) e *Vida para o consumo* (2008b), *A sociedade individualizada: vidas contadas, histórias vividas* (2008d), *Confiança e medo na cidade* (2009a), *A arte da vida* (2009b).

depois de Marx e Engels anunciarem aquela famosa frase. Se os tempos modernos encontraram os "sólidos" pré-modernos e se dispuseram a derretê-los na expectativa de substituir "[...] o conjunto herdado de sólidos deficientes e defeituosos por outro conjunto, aperfeiçoado e preferivelmente perfeito, e por isso não mais alterável" (BAUMAN, 2001a, p. 13), a atual profanação do sagrado e destruição de todos os "sólidos" não ambiciona "dar forma" ao que foi desmanchado, re--enraizar o desenraizado. Enquanto a modernidade inicial, por Bauman adjetivada de sólida, propunha a durabilidade (ou a longa duração) após derreter os sólidos, agora, tudo é temporário e incapaz de manter a forma. Bauman comenta que vivemos em um tempo mutante no qual as referências – institucionais ou não – que oferecem modelos de conduta estão em fluxo permanente e completamente desreguladas. Estão em movimento, jamais paradas! Nas palavras do próprio autor (2004b, p. 322),

> A nossa é uma era, portanto, que se caracteriza não tanto por quebrar as rotinas e subverter as tradições, mas por evitar que padrões de conduta se congelem em rotinas e tradições.

Se o sociólogo empregou a metáfora da *solidez* como marca característica da modernidade nas primeiras décadas do século XX (destruir a tradição e colocar outra, potencialmente superior e mais sólida, em seu lugar), na transição para o século XXI ele destacará o novo aspecto da condição moderna, desta vez baseado na metáfora da *liquidez*. Por isso modernidade líquida passou a ser a denominação preferencial de Bauman para referir-se ao contemporâneo. É essa oposição entre *solidez* e *liquidez* que permite a ele explicar a distinção entre o nosso modo de vida moderno e aquele vivido por nossos antepassados. Se a solidez era a argamassa do projeto ordenador, a fluidez é o que melhor caracteriza as estratégias de vida na sociedade contemporânea. Mas baseado em quê sustentar essa distinção na caracterização dos tempos modernos? Colocando a pergunta nos termos do primeiro capítulo, o que garante dizer que a modernidade líquida não faz mais da *ordem como tarefa* sua preocupação suprema? É o que tentaremos discutir no decorrer deste capítulo, trazendo à baila os aspectos mais evidenciados por Bauman a esse respeito. Veremos que os motivos apontados pelo autor transitam pela tensão entre ação e estrutura social.

Comecemos pela própria noção de modernidade líquida. A clareza dos caminhos apontados pelos jardineiros e legisladores modernos, estratégia típica da modernidade sólida, entra em declínio na sociedade atual. As distopias descritas por George Orwell, em *1984*, e Aldous Huxley, em *Admirável mundo novo*, representam bem a imagem radical da baliza para a conduta individual nos *sombrios tempos* da modernidade sólida. Tudo isso muda com a "entrada" da modernidade em sua etapa líquida.[17] A atual ausência das tradicionais referências balizadoras do comportamento humano, aliada à inflação de referenciais disponibilizados para consumo, implica na diminuição das expectativas e no recuo das sólidas *estratégias de longo prazo*. Viver o presente, e não mais a construção da estrada para um novo mundo (ordenado), é um dos efeitos inesperados da liquidez contemporânea.

Essa nova condição é muito visível se tomarmos em análise o *status* do principal valor dos tempos moderno-sólidos: o trabalho. Para Bauman, os esforços empreendidos pelos *jardineiros* e *legisladores* na tarefa da ordem estavam vinculados ao desenvolvimento da ética do trabalho. Um período em que a disciplina produtiva se apresentava como *projeto* para uma vida mais segura aos indivíduos, como também, para as ambições nacionais. Os intelectuais legisladores planejavam,

---

[17] Os leitores devem ter claro que a distinção entre uma etapa sólida e outra líquida tem uma função didática. Não corresponde à ideia segundo a qual "quando uma termina, a outra se inicia". Tanto ontem como hoje, o que caracteriza o modo de vida moderno é a vontade de estar sempre à frente de si mesmo, a incapacidade de ficar parado, o constante estado de transgressão (modernizadora) em nome do novo e do melhor. A esse respeito, não há muito que distinga nossa condição atual da de nossos predecessores moderno-sólidos.

racionalmente, como forjar, para e pelas ações estatais, uma sociedade equilibrada e ordeira. Ambos se uniram para ditar à "pessoa comum" o que seria uma vida correta e razoável, sendo a nova ética daí surgida a ética do trabalho, da disciplina para o trabalho. A "solidez" pressuposta nesta ética representava a ideia de estabilidade proporcionada pelas instituições sociais, que indicavam as condutas a serem seguidas e que permitiam a manutenção de rotinas, ao mesmo tempo em que decretava a divisão entre o certo e o errado, o normal e o patológico. Como lembra Bauman (2001a), ao se utilizar das análises do companheiro de ofício, Pierre Bourdieu, o trabalhador que adentrava nas grandes fábricas modernas percebia aquele espaço como um *roteiro de vida*, que futuramente também seria seguido por seus filhos. Ao citar Henry Ford, Bauman lembra que a grande visão desse famoso empresário foi insistir na sólida e duradoura união entre capital e trabalho. A dependência mútua entre patrões e empregados, além de promover um enraizamento do local de produção, pressupunha que a mudança de endereço (a quebra da rotina ou da sólida relação) não era atraente para nenhuma das partes. Os horizontes temporais do *capitalismo pesado* eram do longo prazo, sólidos o bastante para suportar as incessantes crises do capital.

Atualmente, com a flexibilização, a desregulamentação e a precarização do trabalho, o antigo casamento entre patrões e empregados (vale dizer, entre capital e trabalho), que os mantinham presos ao "chão da fábrica", não passa de uma *coabitação até segunda ordem*, sustentável apenas enquanto beneficiar um dos polos ou até nova rodada de demissões e ajustes orçamentários. Outrora caracterizado como o principal valor dos tempos modernos na busca da *ordem como tarefa*, fornecendo o (sólido) eixo ético da sociedade em seu conjunto e também o eixo seguro em torno do qual os indivíduos poderiam fixar suas identidades, o trabalho teria transitado do reino da *ordem*, da solidez, para o universo cambiável, errático, episódico e incerto, do *jogo*, da fluidez. A consequência disso é que a *ética do trabalho*, na sociedade que voltou a v*ida para o consumo* (BAUMAN, 2008b), estaria sendo substituída por uma *estética vinculada ao consumo*, o que significa que o trabalho, cada vez mais, deixa de ser a base da honra e do enobrecimento a partir do qual os indivíduos podem justificar sua vida. A dignidade da pessoa, cada vez mais, se vincula à alegria presente no consumo, que, por sua vez, depende do seu poder de comprar os muitos produtos disponíveis nos *shoppings* ou *supermercados das identidades* (não mais exclusivamente ligadas ao trabalho). Sai de cena o indivíduo produtivo e entra em seu lugar o colecionador de sensações, impulsionado pela pragmática do comprar.[18] Para as pessoas do mundo moderno-líquido o que importa é *o que se pode fazer*, não *o que deve ser feito* ou *o que foi feito*.

Segundo o sociólogo, e aqui teríamos outro aspecto que torna nossa situação distinta da de nossos avôs/avós, o planeta passa por mudanças culturais e econômicas que estão conectadas e sob o jugo do que se convencionou chamar globalização. Um dos resultados desse fenômeno associa-se à separação entre o poder e a política, unidos no âmbito da modernidade sólida. Essa é uma tese presente em praticamente todos os livros de sua *fase mosaica*, desde *Globalização: as consequências humanas* (1999b), até *Medo líquido* (2008a). O descontrole típico de nossa sociedade é consequência, ao menos em parte, da assimétrica relação entre o poder extraterritorial do capital, que trafega em um espaço global, e as forças limitadas da política estatal, que ainda permanece atada às fronteiras da localidade nacional. Isso transforma as cidades das sociedades líquido-modernas em depósitos sanitários de problemas concebidos e gerados globalmente (BAUMAN, 2007b). O paradoxo que se instaura para os poderes estatais é a necessidade de resolver, territo-

---

[18] Na obra de Bauman, a substituição da ética do trabalho pela estética do consumo, decorrência da transição da sociedade de produtores à sociedade de consumidores, é melhor desenvolvida no livro *Trabajo, consumismo e nuevos pobres* (1999c), ainda não traduzido para o português. Essa discussão desponta em outros livros, como *Globalização: as consequências humanas* (1999b) e *Modernidade líquida* (2001a).

rialmente, esses problemas produzidos globalmente. Como resultado, a política (local) é sobrecarregada muito além de sua capacidade e desempenho, não "restando" a ela outra saída que não tentar solucionar tais dificuldades se adaptando às regras do jogo que são a causa dos seus próprios males.

O mesmo raciocínio pode ser empregado para entendermos o *status* da ação individual na *sociedade individualizada*. A antiga segurança subsidiada – ou ao menos discursada – pelos Estados na elaboração de "rotas" para as estratégias de ação entrou em uma zona de incerteza endêmica, proporcionada pela fraqueza das políticas estatais e pela instabilidade dos poderes globais. A *economia política da incerteza* daí resultante gera uma corrosiva desesperança existencial, que se evidencia no enfraquecimento da segurança individual em função das incessantes opções e nos inerentes riscos envolvidos nas ações humanas (BAUMAN, 2000a). Um exemplo do que outro interlocutor do autor, o sociólogo alemão Ulrich Beck, indica como a exigência de *soluções biográficas para contradições que são sistêmicas*, é o que Bauman denomina, em várias passagens, como a *privatização da ambivalência*. Esse último aspecto refere-se ao momento em que não existe tão enfaticamente a tentativa do Estado-Nação em eliminar as outrora indesejáveis ambivalências, em definir tão fortemente o certo e o errado, amigo ou inimigo, vizinho ou estranho, mas simplesmente essas escolhas e decisões passam a ser enfrentadas individualmente, no âmbito privado.

Essa privatização é uma das expressões de uma época pós-jardinagem, pós-legislação, pós-ordenação ou, simplesmente, líquida. Neste sentido, ao mesmo tempo em que existe uma abertura às ambivalências e às diferenças, diariamente potencializadas pela sociedade de consumo, os erros e acertos serão colocados nos ombros de cada indivíduo.[19] Em *La sociedad individualizada*, a ambiguida-

---

[19] Bauman (1999a, p. 207) define a privatização da ambivalência da seguinte forma: "Com nenhum poder terreno decidido a erradicá-la, a ambivalência

de pressuposta nessa *privatização* é descrita pelo autor da seguinte forma: a individualização leva a um número cada vez maior de homens e mulheres a uma liberdade sem precedentes para experimentar, mas também uma tarefa sem precedentes de enfrentar as suas consequências (BAUMAN, 2001b). Se os antigos mal-estares moderno-sólidos podiam ser traduzidos na fórmula "menos liberdade, mais segurança" (estatal ou comunal), os mal-estares moderno-líquidos são melhor expressos hoje pela equação: "mais liberdade, menos segurança" (BAUMAN, 1998b).

Outra consequência dessa corrente de desresponsabilização do Estado é a corrosão no sentimento de comunidade e solidariedade social. Para o autor, a percepção individual de pertencimento a uma totalidade, que era proporcionada pelo Estado nacional, se esvai. As ações anteriormente planejadas e possivelmente executadas em nome de preocupações públicas, agora são também elaboradas nos limites da esfera privada. O que ocorre, segundo seu diagnóstico, é um encolhimento do espaço público na sociedade contemporânea, que cada vez mais, ao contrário do que aconteceu com o *Estado jardineiro*, é colonizado pela lógica privada (BAUMAN, 2001a; 2007a). O argumento do sociólogo é o de que existe um deslocamento do controle social, anteriormente exercido com maior preponderância pelo Estado, e agora mediado pelo mercado. Nessas circunstâncias, o discurso neoliberal se legitima como uma certeza, um verdadeiro guia, na escolha das ações individuais. Bauman (2000a, 2001a) diz que a "infame frase" de Margareth Thatcher, na década de 1980, ilustra essa questão: "não existe essa coisa de sociedade". Como realçam diversos livros de autoajuda: se preocupe somente com os seus problemas, pois eles já são demasiados. O problema dos "outros" é um fardo que nem você nem o Estado devem carregar.

---

passou da esfera pública à privada. [...] A obtenção de clareza de propósito e sentido é uma tarefa individual e uma responsabilidade pessoal. O esforço é pessoal. E igualmente o fracasso do esforço. E a culpa pelo fracasso. E a consequente sensação de culpa".

Embora Bauman enfatize o declínio legislador uniformizante do Estado, e apresentamos aos leitores outra distinção entre a modernidade sólida e a modernidade líquida, isso não significa que o Estado tenha renunciado completamente da tarefa de controle dos refugos e dos estranhos na atualidade. A impossibilidade de legislar com segurança frente aos fluxos globais contribuiu para uma mudança no foco "jardineiro" do Estado. Se é inegável que os governos não podem orientar mais o esboço do plano, nem exercer em absoluto os sítios de construção da ordem, ainda assim eles têm buscado novos mecanismos que atualizem sua prerrogativa essencial de *soberania básica*, quer dizer, *o direito de excluir*, de decretar quem são os estranhos e os inimigos da nova ordem líquida.

Ao invés de demonstrar sua força para garantir "os seus de dentro" com segurança e livres, o Estado pós-panóptico emprega o poder que ainda lhe resta diante das forças extraterritoriais do capital para manter sob seu comando, embora sem qualquer pretensão de um novo projeto ordenador, o caótico mundo daqueles que são refugados da globalização econômica. Tal poder é uma espécie de gestor da desordem para que a economia globalizada possa trabalhar em paz. Os cercos aos guetos urbanos ou, no caso do Brasil, às periferias, expressam a tentativa de demonstração dessa força estatal frente aos refugos da liquidez. Essas zonas são depósitos naturais dos lixos das grandes cidades, que não podem ser removidos ou devolvidos à sociedade, mas apenas "guardados" e bem vigiados. São "corpos estranhos", que não podem ser expelidos, mas incessantemente devem receber dosagens alopáticas, intervenções estatais, para que permaneçam escondidos e não se alastrem. Os mesmos que vociferam que não existe mais essa tal "sociedade" ou que o Estado deve minimizar suas ações, cobram desse último que cerceie os estranhos do convívio dos cidadãos consumidores. O Estado silencia na área social e investe na criminalização, no seu poder de excluir os indesejáveis. Ou seja, minimizar determinadas ações características, por exemplo, dos Estados sociais e maximizar a sua força na construção de uma espécie de depósito de lixo humano dentro dos próprios limites nacionais – o que Bauman (2005a), ao utilizar da definição de Henry Giroux, caracteriza como *Estado Guarnição*.[20] Em outras palavras, a nova demanda popular por um poder de Estado vigoroso, com condições de ressuscitar as fracas esperanças de proteção contra o confinamento ao lixo, é construída sobre os pilares da vulnerabilidade e da segurança pessoais, e não da precariedade e da proteção sociais.

Mesmos os inumeráveis discursos em prol da segurança e da construção de novos depósitos humanos para o "lixo humano" (refugados da globalização econômica) não conseguem extinguir a sensação de insegurança generalizada que se alastra nas sociedades modernas e que são exemplos cotidianos dos telejornais em diferentes países. A ubíqua presença do medo no cotidiano é evidente, por um lado, na nova política do terrorismo global após o fatídico 11 de setembro, que se constitui (em especial nos países que se situam no "eixo do terror") um poderosíssimo argumento para Estados não tão soberanos legitimarem sua importância perante a opinião pública em uma sociedade dominada pelo medo (BAUMAN, 2006, 2008a) e, por outro lado, na forma com que as residências são construídas como fortificações, ou como vem se alastrando na opção por condomínios fechados. A própria segurança cada vez mais é uma tarefa privada. Bauman (2001a) lembra que essa insegurança é rememorada toda vez que se aproxima um "estranho no portão".

As novas formas de exclusão do refugo humano (dos estranhos) na modernidade líquida produzem mais um paradoxo: embora o refugo deva ser excluído, ele também é necessário. Em uma sociedade do consumo, que enfatiza o conforto, o esforço mínimo e a busca incessante de sensações prazerosas, não se estimula seus "estabelecidos"

---

[20] O *Estado Guarnição* privilegia atender aos apelos das corporações transnacionais ao mesmo tempo em que fortalece a luta contra os perigos domésticos.

(os consumidores) a realizar o serviço sujo vinculado ao "lixo" produzido diariamente. O transtorno ocasionado pelo lixo não combina com o consumidor. O lixo combina com pessoas do seu nível: os refugos. Isso é o que permite que sejam identificados como novos estranhos na atualidade, as novas ervas daninhas desta nova forma do poder estatal. Assim, os novos anormais – os vagabundos, para utilizarmos uma das metáforas utilizadas por Bauman (1998b, 1999b) referente aos refugos dos novos tempos – não são os improdutivos de uma sociedade de produtores (BAUMAN, 1999c), mas, sobretudo, os não consumidores, os consumidores falhos. Ou seja, aqueles que representam os grandes pesadelos dos "turistas" da sociedade de consumidores[21] (BAUMAN, 2007a, p. 132).

Isso nos leva a outro aspecto apontado pelo autor para caracterizar a transição da modernidade sólida para a modernidade líquida, que é a relação de descartabilidade implícita nas relações humanas presente em mundo projetado enfaticamente para os consumidores e não mais para os produtores. A precariedade da atual condição humana gera a desconfiança, de modo que vivemos em um período em que "a confiança é substituída pela suspeita universal" (BAUMAN, 2005a, p. 115). Assim, os compromissos – encarados na perspectiva da suspeita, do "até segunda ordem" – são uma forma de refugo que, como tal, estão sempre à disposição para serem depositadas nas lixeiras das relações cotidianas. Tudo é descartável: as relações humanas, os humanos indesejáveis, as mercadorias e o próprio corpo. Em *Medo líquido* (2008a), Bauman se utiliza do exemplo do *Big Brother* para retratar essa produção da efemeridade. Para o autor, as amizades

---

[21] Para nos remetermos à linguagem do filósofo Agamben, a nova e crescente categoria dos homini sacri na sociedade líquido-moderna contemporânea são os consumidores falhos ou fracassados. Não mais os judeus, deficientes, negros, homossexuais, etc., mas sim aqueles que "Nada têm a oferecer, seja agora ou num futuro próximo, à economia orientada para o consumidor" . Sobre a relação entre Bauman e Agamben, sugerimos consultar o livro *Archipiélago de excepcione. Comentarios de Giorgio Agamben y debate final* (2008c).

descartáveis presentes nesse *"reality show"* exemplificam e reforçam um modelo de ação em tempos líquidos.

Como dito anteriormente, se o império da *ordem como tarefa* projetava trajetórias de longa duração, a vida privatizada para o consumo se vincula à *aptidão*, ao estar sempre pronto para as oportunidades recorrentemente apresentadas aos consumidores – mesmo que esses se posicionem em espaços distintos e apresentem graus diferenciados de mobilidade para a aquisição de novas mercadorias e novos conhecimentos – em um tempo de presente perpétuo. A relação com conhecimentos passados torna-se supérflua, ocasionando o colapso do pensamento: o esquecimento passa a ser o combustível das relações humanas. Esquecimento e aptidão são os certificados de atualização do indivíduo contemporâneo. O tempo simplesmente agora flui, sem seguir qualquer curso inexorável ou *experimentum crucis* que levaria a um território de certeza fielmente cartografado e sinalizado. A cultura moderno-líquida não concebe a si mesma como uma cultura de aprendizagem e acumulação. Agora parece bem mais como uma cultura de desvinculação, descontinuidade e esquecimento. Possuir uma memória fortalecida, nessas condições, adquiriu a feição de ser potencialmente incapacitante em muitos momentos, desencaminhadora em outros e inútil na maioria, pois tudo o que se relaciona com a durabilidade do tempo se transforma, para Bauman (2007a), na grande perdição da modernidade líquida.

Esses aspectos até aqui apresentados buscam responder a questão por nós apresentada no início do capítulo e que serviu de eixo para a descrição da distinção entre a solidez e a liquidez. Vamos apontar, antes de encerrar, mais duas características a esse respeito. Tais elementos se originam da reconfiguração, na modernidade líquida, dos laços entre os intelectuais e o poder. Bauman faz na *fase mosaica* uma releitura dessa relação, que desemboca nas noções de "conselhos e conselheiros" e "poder sinóptico".

Como tentamos descrever nas páginas iniciais deste capítulo, o declínio do império da ordem trouxe consigo a exacerbação das ambivalências disponibilizadas nas "prateleiras" da sociedade contemporânea. Em outras palavras, a perda dos tradicionais referenciais balizadores permitiu que emergissem uma infinidade de autoridades sobre os mais diversos assuntos, sendo estes preferencialmente focados na esfera privada. Queremos apontar com essa afirmação que novos e difusos conselheiros se apresentam no cenário da sociedade de consumo para fazer companhia ao Estado e outras tradicionais instituições. Mais ainda, que a primazia que o Estado-Nação possuía se dilui no emaranhado de especialistas da *Vida para consumo*, para utilizarmos aqui o título de um dos mais recentes livros do autor publicado no Brasil. Nesse sentido, novas formas de governo da população e de exigências individuais estão colocadas na cena, ressaltando os prazeres e a leveza da sociedade de consumo. Se estivermos corretos na interpretação, podemos dizer que novas estratégias se estabelecem para a disponibilização de recursos para a formação do indivíduo "apto" aos ideais do consumidor.

Mas tal aumento de recursos propiciado pela expansão do número de especialistas e conselheiros potencializa, ao invés de minar, a sensação de insegurança. Os conselhos disponibilizados para a escolha do indivíduo enfatizam um caminho, entre tantos outros disponíveis, para a longevidade e a felicidade, que somente seria solapado pela "negligência do dever pessoal" (Bauman, 2000a). Por isso, não podemos nos surpreender – como salienta o autor – que a sociedade de consumidores se constitua em um paraíso do conselho especializado e da publicidade, tornando-se "[...] terra fértil para profetas, bruxos e mercadores de posições mágicas ou destiladores de pedras filosofais" (Bauman, 1999c, p. 56).

A ambivalência proveniente dos conselhos – suas diferentes *interpretações* – deve ser solucionada privativamente pelos indivíduos. Os conselhos e seus portadores, os conselheiros, se dirigem à esfera privada, se vinculando as preocupações evidenciadas no cultivo dos estilos de vida individualizados – o que Giddens (2002, p. 197) vincula à política-vida[22] e Bauman define como a política com *p* minúsculo. Não surpreende que os conselhos relacionados ao corpo tenham ganhado notoriedade nos tempos atuais. Tais conselhos representam armamentos de uma batalha privatizada contra as impurezas e estranhezas corporais. O corpo assume o antigo lugar da Nação no sentido de algo a ser defendido. A garantia presente na defesa corporal está relacionada, mais intensamente, com as sensações a serem vivenciadas no presente, tendo em vista a certeza da morte, mesmo que o adiamento desta seja uma das tarefas descritas nos manuais à disposição do consumidor. Citando novamente Bauman (2000a, p. 52):

> Há portanto uma demanda inexaurível de preocupações alternativas sempre novas, ainda não desacreditadas porque não experimentadas. Todas devem estar, no entanto, ligadas à 'defesa do corpo'.

As preocupações corporais, entendidas como um dos últimos redutos dentre os quais os indivíduos sentem-se capazes de agir com "alguma" segurança, estão relacionadas com novas formas de controle contemporâneo. Bauman toma de empréstimo do sociólogo norueguês Thomas Mathiesen o modelo de poder sinóptico para compreender a condição da ação humana na atualidade. Vigiar aos outros como um imperativo pessoal é a característica do poder sinóptico. Os indivíduos buscam exemplos em que possam mirar e que contribuam na construção do seu estilo de vida. O sinóptico capilariza e incita um autocontrole a partir dos "outros", ao mesmo tempo em que representa o enfraquecimento da jardinagem estatal. O olhar atento ao que acontece no mundo das celebridades ilustra esse modelo. A tentativa de construção

---

[22] Conforme a definição de Giddens, a política-vida refere-se "[...] a questões políticas que fluem a partir dos processos de auto-realização em contextos pós-tradicionais, onde influências globalizantes penetram profundamente no projeto reflexivo de eu e, inversamente, onde os processos de auto-realização influenciam as estratégias globais".

de estilos de vida a partir de roteiros descritos por pessoas famosas é um foco de vigilância privilegiado na espetacularização atual. O sinóptico ilustra os limites institucionais do paradigma disciplinar e a ampliação de novas e mais "leves" orientações de conduta. Agora, em vez de poucos vigiarem muitos, são muitos que vigiam poucos. A maioria "não tem outra opção" senão vigiar; com as fontes de virtudes públicas quase inexistentes, só se pode procurar uma razão para os esforços vitais nos exemplos disponíveis de bravura pessoal e recompensas para tal bravura. É exatamente nisso que se constitui a corrente mais poderosa de nossa ambiguidade existencial, quer dizer, a multiplicidade de autoridades, da pluralidade das formas de vida e da polivocalidade, escassamente coordenados e debilmente vinculados a toda uma discordante variedade de autoridades – todos esses ingredientes permanentes e irremovíveis da modernidade líquida.

A passagem do panóptico ao sinóptico,[23] para o sociólogo, reflete o desaparecimento do público, a invasão da esfera pública pela esfera privada, sua conquista, ocupação e paulatina mas inexorável colonização, invertendo, assim, as pressões sobre a linha de divisão entre público e privado. Não é mais o público que coloniza o privado, mas exatamente o contrário que acontece. Em tais circunstâncias, o que o autor propõe é a criação de um novo espaço público, de uma política (e de um Estado) de responsabilidade transnacional (BAUMAN, 2006), de uma nova *ágora*[24] (BAUMAN, 2000a), em suma, de

---

[23] A transição do panóptico ao sinóptico não corresponde à falência do panopticismo, pois ambas as estruturas coexistem em nossa sociedade. Ao indicar essa passagem, o autor indica o predomínio e a maior eficácia dessa forma de controle na atualidade. Vale destacar que a ideia do poder sinóptico tem muita similaridade com aquilo que Deleuze (e o próprio Foucault) escreveram sobre as formas de domínio subjetivo na sociedade de controle.

[24] Conforme Bauman (2000a) no livro *Em busca da política*, *ágora* é o território cujo papel principal não consiste em manter o público e o privado separados, mas garantir um tráfego contínuo entre eles. Sua função era crucial para a manutenção de autonomia de uma *pólis* autônoma; sem ela, nem a *pólis* nem seus membros poderiam alcançar e muito menos preservar a liberdade de decidir o sentido do bem comum e o que se deveria fazer para atingi-lo.

uma nova agenda pública para a emancipação em tempos modernos líquidos (BAUMAN, 2001a).

Nas obras que compõem sua *fase mosaica*, a crítica exasperada aos desígnios atuais da modernização convive com suas apostas para mudar essa situação. Assim, tanto as dificuldades quanto os desafios e possibilidades que a modernidade líquida oferece aos indivíduos estão em seu foco, evidenciando, além disso, a preocupação do autor em manter sempre viva a capacidade de ação individual em relação aos constrangimentos que são de ordem estrutural. A sensação que temos ao "sair" da leitura desses livros é que toda a expectativa construída pelo sociólogo em torno da pós-modernidade como *a modernidade que atinge sua maioridade*, anunciado ao final do capítulo precedente, se vê seriamente comprometida com a *prática* da modernidade líquida. Se a sabedoria pós-moderna revela-se muito útil e atraente quando contraposta aos marcos referenciais da sociedade ordenada e sólida, torna-se desafiante quando a situamos no seio de uma sociedade não mais interessada na construção da ordem e de sólidos com perspectiva de longa duração. Em outros termos, se a postura pós-moderna oferece mais sabedoria, a situação moderno-líquida torna mais difícil agir segundo essa sabedoria. É mais ou menos essa a razão pela qual o tempo em que vivemos é experimentado como viver no meio da crise. As conclusões de Bauman nesses livros apontam que, se uma vida totalitariamente ordenada é o fim, o vazio não é menos incapacitante. Mais liberdade e menos segurança, ou menos liberdade e mais segurança? Diante dessa equação, encontrar uma "justa medida entre o leve e o pesado" é o que parece embalar o sonho de Bauman por outra sociedade, embora ele próprio se recuse a dizer em que ponto ocorre esse equilíbrio e mesmo qual a imagem dessa sociedade diferente.

Entre a legislação e a interpretação: implicações para o discurso escolar e formativo

> *A nova educação deve consistir essencialmente nisso, no fato de que destrói completamente a liberdade de arbítrio no solo que empreende cultivar, produzindo ao contrário estrita necessidade da decisão da vontade, sendo o oposto impossível [...] Se de alguma forma quiser influenciar (o homem), você deve fazer mais do que falar com ele; você deve moldá-lo e moldá-lo de tal forma que ele não possa querer diferentemente do que você deseja que ele queira.*
> J. Fichte *apud* Bauman, 1992a, p. 74

O sociólogo destinou algumas reflexões sobre o papel da educação e da escola no processo que levaria de uma sociedade caótica e desordenada – impregnada que estava de ervas daninhas – em direção àquela organização social livre de toda ambivalência, refugo ou caos (em que todas as culturas silvestres seriam transformadas em culturas de jardim). Neste capítulo, vamos nos ocupar das considerações do autor a esse respeito, situando-as (a escola e seu discurso formativo) no contexto da modernidade líquida.

Mais uma vez, vamos partir do livro *Legisladores e intérpretes: sobre la modernidad, la posmodernidad y los intelectuais*. No Capítulo 5 dessa obra, chamado "Educar o povo", Bauman vai demonstrar como a escola foi uma instituição (ao lado da fábrica, do hospital, dos manicômios, da caserna, para lembrar aqui de Michel Foucault) funcional ao estabelecimento da modernidade como *império da ordem*. Podemos pensar nessa instituição como o tempo-espaço em que as ambições legisladoras dos intelectuais modernos e as ambições ordenadoras do *Estado jardineiro* se concretizaram sem disfarces. A educação escolarizada representou um projeto capaz de fazer da formação dos indivíduos exclusiva responsabilidade da sociedade em seu conjunto e, em especial, dos governantes, pois é direito e dever do Estado formar seus cidadãos e garantir sua conduta correta, valer dizer, o comportamento na direção do projeto racional e, no caminho, introduzir ordem em uma realidade que antes estava despojada de seus próprios dispositivos de organização. A escola era a sede a partir da qual se universalizava os valores utilizados para a integração social, e os intelectuais (professores e/ou educadores), encarnação da própria universalidade desejada pelo jardineiro supremo, eram as únicas pessoas capazes de fornecer a receita àquelas pessoas incultas e vulgares do que seria uma vida correta e moral. E a educação, por sua vez, uma declaração da incompetência social das massas e uma aposta na ditadura do "professorado" (déspotas ilustrados), guardiões da razão, das maneiras e do bom gosto. Não é de se estranhar, portanto, que Bauman, nesse livro, tenha concebido a educação escolarizada como o conceito e a prática de uma sociedade amplamente administrada.

Não é demais lembrar que, sendo o lugar da formação de sujeitos (racionais, centrados, uniformes) afinados ao projeto da ordem moderna, a escola tinha uma espécie de ojeriza à desordem, à ambivalência, ao caos, em suma, um pavor a tudo aquilo que era *diferente* dos mecanismos identitários promovidos pelo Estado nacional. Em outros termos, ela visava à ordem e ao desenvolvimento de uma *sociedade de produtores*, possibilitando aos seus frequentadores uma formação "sólida" (vinculada ao trabalho e sua ética) e que atendesse aos objetivos previamente planejados pelo *Estado jardineiro*.[25] Por tudo isso, a instituição educativa nunca viu com "bons olhos" a presença daqueles indesejáveis *estranhos*, inevitavelmente produzidos por todo projeto ordenador. Tentou, inclusive, ora retificá-los e consertá-los, ora torná-los mais eficientes e disciplinados. Nos casos em que a assimilação forçada não obtinha o sucesso desejado, ou esses estranhos eram silenciados ou então expurgados dos muros escolares (vamos pensar aqui na situação dos negros, homossexuais, doentes mentais, enfim, todas as minorias que destoassem da *tradição inventada* pelo *Estado jardineiro*). É por isso que podemos dizer que o projeto de escolarização moderno não reservou nenhum lugar às diferenças e as múltiplas formas de vida e tradições culturais que até ela chegavam. A escola era o lugar de se obter uma cultura universal, que coincidia com os próprios desejos ordenadores e planificadores de legisladores (educadores e professores) e jardineiros modernos.

A leitura da instituição educacional como mais um *canteiro de jardim* (lotado de plantas precisando de cultivo e proteção) e dos professores como *legisladores* da "vida correta", leva Bauman a concluir que o objetivo da educação (processo capaz de levar da sujeira à beleza ou da ambiguidade à clareza de sentido), na modernidade sólida,

> [...] é ensinar a obedecer. O instinto e a vontade de acatar, de seguir as ordens, de fazer o que o interesse público, tal como o definem os superiores, exige que se faça, eram as atitudes que mais necessitavam os cidadãos de uma sociedade planificada, programada, exaustiva e completamente racionalizada. A condição que mais importava não era o conhecimento transmitido aos alunos, mas a atmosfera de adestramento, rotina e previsibilidade em que se realizaria a transmissão deste conhecimento. [...] O tipo de conduta que concordaria com o interesse público seria determinado pela sociedade previamente a toda

---

[25] Na sociedade de produtores, a contribuição da escola para a manutenção da ordem passava pela formação de uma consciência (e corpos) para o trabalho, eixo a partir do qual os indivíduos deveriam moldar e fixar seus projetos de vida na modernidade sólida. Discutimos isso no capítulo anterior.

ação individual, e a única capacidade que os indivíduos necessitariam para satisfazer o interesse da sociedade era a da disciplina. (BAUMAN, 1997a, p. 108)

Em um texto mais recente,[26] publicado no livro *La sociedad individualizada* (2001b), Bauman retoma essa interpretação da educação escolarizada como *fábrica da ordem*, destinada à produção de corpos dóceis, disciplinados e eficientes, e a analisa levando-se em conta a "transição" da modernidade sólida à modernidade líquida (passagem outrora caracterizada pela oposição entre modernidade e pós-modernidade). A conclusão a que chega, pressuposta, porém não explicitada, no livro *Legisladores e intérpretes: sobre la modernidad, la posmodernidad y los intelectuais*, é que essa concepção da escola e da educação enfrenta uma grande crise, e que ela é desencadeada pela "falência" das instituições e da "filosofia" herdada da própria modernidade pesada ou sólida. Vejamos.

Embora ainda hoje os Estados exerçam algum grau de soberania (inclusive seu direito de incluir/excluir), reconfigurando-a conforme as forças do mercado, não existem mais entusiastas ao nosso redor impressionados com o sonho de uma engenharia social total, a partir dos esforços concentrados nas mãos de um Estado ordenador. Ao contrário, os gestores de hoje estão conciliados com a incurável desordem do mundo globalizado e os indivíduos parecem estar bastante ocupados perseguindo as sedutoras tentações do consumo, sem muito tempo ou estômago para refletir sobre os perigos ou impasses desse tipo de sociedade (BAUMAN, 1995, 1998a, 1999a).

Quais as consequências dessa reconfiguração da razão de Estado para a escola? Além da indesejável mercadorização

---

[26] Trata-se do artigo "Educação, sob, para e apesar da pós-modernidade" (2008d). Apesar de o autor concentrar suas análises no sistema universitário, ele afirma que a crise pós-moderna ou moderno-líquida da educação afeta todas as instituições estabelecidas, do nível mais alto ao mais baixo. O material foi originalmente escrito em 2000, em um momento no qual Bauman ainda não empregava a denominação modernidade líquida.

do ensino, tão avassaladora nestes últimos anos, com o fim das ambições ordenadoras dos Estados modernos as escolas deixaram de figurar como "templos" de conversão e mobilização ideológica das *tradições inventadas* pelo Estado, pois ele abriu mão da missão civilizadora de criar hierarquias e promover modelos culturais considerados como superiores aos demais. Uma coordenação ou uma harmonia preordenada entre o esforço por "racionalizar" o mundo e o esforço para preparar sujeitos racionais adequados para habitá-lo (típica função escolar na modernidade sólida) é o que não devíamos esperar mais da escola. Em outras palavras, como não há nenhuma realidade caótica a governar e como a variedade de culturas deixou de ser um problema a ser contornado na contemporaneidade, o papel exclusivo das escolas, de criar e selecionar valores com o respaldo estatal, não se sustenta mais (ou pelo menos assim deveria ser).

Nessas condições, a escola poderia se constituir num tempo-espaço receptivo à pluralidade e à multiplicidade de significados das muitas culturas e dos valores plurais no seio de uma mesma sociedade. Isso significa que os diferentes, os estranhos e as minorias (sejam elas étnicas, religiosas, raciais, de gênero, etc.), outrora presenças indesejáveis, têm uma nova chance nesse tipo de escola, não mais indiferente à diferença, às ambiguidades, enfim, à ambivalência, que sempre foi utilizada para justificar o aniquilamento das "ervas daninhas". A escola abandonaria, desse modo, antigas estratégias antropoêmicas e antropofágicas no enfrentamento da alteridade.[27] O respeito à alteridade, às suas preferências, ao seu direito de ter preferências, seria uma importante meta a ser desenvolvida na e pela escola da modernidade líquida.

---

[27] Bauman, em várias ocasiões, toma de Lévi-Strauss (*Tristes trópicos*) as duas categorias que o antropólogo utilizou para expressar o encontro entre as "diferenças": a estratégia antropoêmica e a antropofágica. Se a primeira visava ao exílio ou o afastamento dos estranhos (impedindo o contato), a segunda pretendia a suspensão ou aniquilação de sua alteridade, assimilando-a ao igual. Podemos pensar a escola, da modernidade sólida, como o lugar em que ambas as estratégias foram abertamente assumidas.

Nessas condições, somente uma escola plural tem algo de valor a oferecer a um mundo de significados múltiplos, repleto de necessidades descoordenadas, possibilidades autoprocriadoras e eleições automultiplicadoras. Talvez por isso faça sentido falar, com Bauman, que o lema da escola hoje não é mais o clássico "grito de guerra" da modernidade ilustrada, quer dizer, a defesa da liberdade, da igualdade e da fraternidade, mas, por que não, a promoção da *liberdade*, da *diferença* e da *solidariedade* (com o estranho).[28]

Apesar dessa nova *consciência*, a modernidade é uma terra de ambiguidades, de modo que o *habitat* de sua etapa líquida torna mais difícil agir segundo essa nova *sabedoria*. Essa *mentalidade* enfrenta inúmeras dificuldades na *prática* moderno-líquida, que não se mostra menos defeituosa do que sua antecessora. Consideremos, por exemplo, o fato de que: (1) a liberdade, na sociedade de consumo atual, se reduz à opção de consumo, de modo que só podem dela desfrutar aqueles que são consumidores; (2) desenvolve-se uma indiferença generalizada contra a "má sorte" dos *consumidores falhos* que não conseguem superar o enorme abismo entre o direito, a autoafirmação e a capacidade de controlar as situações sociais que podem tornar essa condição de liberdade algo factível ou então irrealista – contradição que, por tentativa e erro, reflexão crítica e experimentação corajosa, precisamos aprender a manejar coletivamente; (3) a celebração líquido-moderna da diferença pode ter como consequência a perda de sua particularidade como condição humana. Com isso, ela corre o risco de perder seu antigo gume de rebeldia, potencialmente revolucionário. A estranheza, na medida em que vira rotina, deixa de ser uma percepção do outro lado da existência, um desafio ao aqui e agora, um ponto de observação favorável à utopia. Afinal, a sociedade de consumo "aprendeu" a prosperar e lucrar

---

[28] Na modernidade sólida, enquanto a igualdade era muito vinculada à perspectiva de uniformidade, a fraternidade tendia à unidade forçada e à necessidade de que os supostos irmãos sacrificassem a individualidade em nome de uma suposta causa comum.

com a diferença, de modo que também se desenvolve uma tendência de somente diferir aquilo que beneficia o mercado; (4) a solidariedade, com muita frequência, está se reduzindo à fórmula tolerante do "viva e deixe viver", degenerando em isolamento. O resultado dessa indiferença é a decadência da difícil arte do diálogo e da negociação, e a substituição do engajamento e comprometimento mútuo (solidariedade) pelas técnicas de desvio e da evasão.

Outro aspecto decorrente da reconfiguração da razão de Estado é o colapso do seu matrimônio com os intelectuais concebidos como *legisladores*. Na modernidade empenhada na construção da ordem, as questões consagradas à autoridade do conhecimento (sua verdade, universalidade e certeza) conseguiam se legitimar em função de realidades previamente estruturadas por hierarquias de poder existentes. Enquanto essas estruturas mantiveram-se intactas (ou seja, enquanto os interesses dos intelectuais e do Estado convergiam) e nada as ameaçava, pouco havia que se distinguir entre a legitimidade da ordem estabelecida e a tarefa de legislar. O mundo contemporâneo, todavia, se adapta muito mal a essa ideia (dos intelectuais como *legisladores*). Depois dos horrores que o século XX assistiu, com a anuência tanto da razão filosófica como da razão científica, ao invés de confiarmos de bom grado nos intelectuais e suas melhores intenções (podemos pensar aqui nos professores, mesmos os progressistas entre eles), aprendemos a duvidar profundamente de sua sabedoria em *legislar* o que é bom ou mau, de sua capacidade de identificar questões morais e fazer julgamento sobre elas. O signo de igualdade que se colocava entre o conhecimento, a civilização, a qualidade moral da convivência humana e o bem-estar social e individual, para o qual a escola (e seus intelectuais) desempenhou um papel fundamental, foi borrado com os processos modernizadores em curso há pelos menos dois séculos. As antigas tentações da razão filosófica e científica de fornecer os critérios confiáveis da certeza e os critérios universais da perfeição e da vida boa são, hoje, um esforço não mais inquestionável.

Essa nova situação do discurso intelectual é plena de consequências inesperadas para a escola e seu discurso formativo. Seu novo formato desestabilizou, de maneira imprevisível, porém definitiva, a confortável aliança entre o poder e a prescrição. Porque a pluralidade de formas de vida (cultura) deixou de ser considerada um irritante temporário, e porque a possibilidade de os diferentes saberes poderem ser não apenas simultaneamente *julgados* verdadeiros, mas ser simultaneamente *de fato* verdadeiros, a tarefa da educação escolarizada (dos professores e dos teóricos educacionais) se deslocou de *legislar* acerca do modo correto de separar a verdade da inverdade das culturas, para a função de *interpretar* acerca do modo correto de traduzir entre "gramáticas" distintas, cada uma gerando e sustentando suas próprias verdades, criticáveis e passíveis de revisão. Tal estratégia, segundo podemos extrair da perspectiva de Bauman, faz a escola abandonar abertamente a busca da universalidade da verdade, do juízo moral e do gosto. Parece não restar outra alternativa ao discurso formativo do que aceitar de bom grado que todas as visões de mundo que chegam até a escola estão fundadas em suas respectivas tradições culturais, pois, na organização social não mais obcecada pelo estabelecimento da *verdadeira ordem*, a escola precisa reconhecer os direitos de propriedade das mais diversas comunidades (sua contingência, afinal) que batem à sua porta.

A possibilidade de a educação escolarizada enfrentar esse novo quadro se encontra na mesmíssima pluralidade e multiplicidade de significados que conferem ao mundo de hoje seu caráter caótico e polifônico. Em uma sociedade em que não se pode prever a classe de especialistas que precisaremos amanhã, os debates que necessitarão de mediação e as crenças que precisarão de interpretação, o reconhecimento de muitos e variados caminhos até o saber e de muitas e variadas regras desse é a condição importante de um sistema escolar à altura do seu tempo (BAUMAN, 2001b). Não devemos esperar que essa situação seja superada, como outrora, apelando-se a uma conversão massiva garantida pela marcha incontestável da Razão, pois não se trata mais do caso de se chegar à melhor verdade ou à melhor interpretação (aquela que seria a mais ética ou mais justa, pois verdadeira), porque, com o sociólogo, aprendemos que isso pode resultar em mais mentira, humilhação e sofrimento do outro. A perspectiva de Bauman não alimenta, entre os intelectuais da modernidade líquida, a expectativa de alcançar um ponto de vista supracultural e universal, livre de toda contingência, desde o qual pudessem perscrutar e retratar o significado do verdadeiro, separando-o do falso. A proclamação da verdade como qualidade do conhecimento, pressuposto inquestionável dos intelectuais da modernidade sólida, é insustentável em tempos pós-legislação. O novo quadro apenas vai exigir dos intelectuais (dos professores, portanto) uma tarefa muito mais humilde: que sejam especialistas na arte de traduzir entre as distintas tradições culturais. O grande desafio desse exercício é que, sendo um observador "de fora", o professor precisa acercar-se da posição dos "de dentro", o mais próximo possível daquilo que ela representa para os "nativos", sem perder contato com o universo e significado próprio (que também é contingente e, desse modo, pode ser modificado). Nessas circunstâncias, será considerado bom professor (bom intérprete) aquele que traduz mais apropriadamente o *texto* com o qual se depara, explicando, em alto e bom som, as regras que guiaram sua leitura e que tornaram válida sua interpretação.

O reconhecimento dessa nova função, embora traga consigo o receio da desorientação e da angústia geral na condução do processo pedagógico, possibilita o desenvolvimento de um trabalho educativo em que a multiplicidade de valores é contemplada. O desafio que se lança às perspectivas progressistas em educação passa, então, pelo reconhecimento de todas as diferenças sem, com isso, prescindir da reflexão sobre os distintos modos de se colocar no mundo. Esse é um desafio que se torna ainda maior na medida em que não podemos, ao enfrentá-lo, declarar que possuímos o acesso à verdade, ou, então, suprimir a ambivalência cognitiva baseando-se na opção política em favor de determinada classe social ou de uma perspectiva de gênero, raça, etnia, etc. Se seguirmos Bauman, é a comunicação entre as diferentes tradições que se converteria na grande aposta da pluralidade nos processos educativos de nossa época. Diante dos inúmeros "textos" que escrevem o mundo, a arte da conversação civilizada é algo que o espaço da escola necessita de maneira urgente. Dialogar com as distintas tradições que chegam até ela, sem combatê-las; procurar entendê-las, sem aniquilá-las ou descartá-las como mutantes; fortalecer sua própria perspectiva (a do professor, por exemplo) com o livre recurso à experiências alheias (a dos alunos e suas culturas, por que não?). Levando isso em conta, extraímos da posição de Bauman o seguinte imperativo para a educação escolarizada na sociedade líquida: conversar ou perecer!

Sem almejar o consenso universal ou a verdade,[29] a sociologia de Bauman aposta que o diálogo é potente o suficiente para envolver os participantes e contribuir com algum grau de compreensão e colaboração entre as diversas perspectivas que representam. A disposição para entrar na conversa e não torná-la um solilóquio disfarçado é a única garantia que podemos ter para lidar com o inevitável contextualismo

---

[29] Esse nem sempre foi o argumento de Bauman. No livro *La hermenéutica y las ciencias sociales*, publicado pela primeira vez em 1978, o sociólogo, visivelmente influenciado pelo filósofo alemão Jürgen Habermas, entende que a busca da verdade e do consenso são condições indispensáveis ao desenvolvimento de nossa civilização. A verdade e sua validez universal, ao orientar as regras da discussão racional, é a norma que guia a busca do consenso (BAUMAN, 2002b). Bauman abandonará por completo esse ideal depois de escrever sua trilogia, passando a traduzir esse esforço como uma resposta à *dissonância cognitiva* que caracteriza o pluralismo do mundo contemporâneo. Não surpreende que tenha escrito que o consenso prenuncia "[...] a tranquilidade do cemitério (a 'perfeita comunicação' de Habermas, que mede a sua própria perfeição pelo consenso e exclusão do desacordo, é outro sonho de morte que cura radicalmente os males da vida de liberdade)" (BAUMAN, 1998b, p. 249). Bauman dá a entender que, em Habermas, ainda persistem vestígios *legisladores* do discurso intelectual, que visa à eliminação da indomável ambivalência, ambiguidade e contingência, que é própria de qualquer linguagem e cultura. Outras informações sobre as influências de Habermas na sociologia de Bauman (sua aproximação e afastamento) podem ser obtidas em Smith (2000).

e relativismo de todas as tradições, sendo a conversação civilizada concebida como aquele espaço/momento em que as diferenças são "postas na mesa" e discutidas. Nisso consiste, aliás, a ideia de universalidade para Bauman (2000a): trata-se da capacidade da espécie humana em alcançar *entendimento mútuo*, no sentido de "saber como prosseguir" diante de outros que podem e têm o direito de trilhar caminhos diferentes. Em suma, ela consiste no desafio de como alcançar a unidade na (apesar da?) diferença e como preservar a diferença na (apesar da?) unidade (BAUMAN, 2005b). Esse é o modelo republicano de universalidade, a única variante da unidade compatível com a modernidade em seu estágio líquido, sendo o resultado – não uma condição dada *a priori* – erguido pela negociação e reconciliação, não pela negação, sufocação ou supressão das diferenças.

Vale ainda destacar que, para o sociólogo, não é verdade que as distintas tradições tenham o mesmo valor simplesmente porque *são* diferentes. Embora ele acredite que não possamos nos posicionar sobre os valores culturais em jogo a menos que seja dado a todos eles a oportunidade de defender e "fundamentar" seu pleito (no diálogo), algumas soluções culturais podem ser consideradas superiores a outras no sentido em que estão dispostas a considerar sua própria historicidade, contingência e, consequentemente, a possibilidade de comparação em condições de igualdade (comparação essa que é feita em termos morais, éticos e políticos, não epistemológicos, quer dizer, sem o propósito de decretar qual cultura ou diferença é mais verdadeira do que a outra). Em outras palavras, uma cultura pode considerar-se melhor do que outras na medida em que está preparada para contemplar seriamente alternativas culturais, tratando-as como participantes de um diálogo mais do que como recipientes passivos de homilias monológicas, e como uma fonte de enriquecimento mais do que uma coleção de curiosidades ou bizarrices a espera de censura, supressão ou enterros museísticos (BAUMAN, 2002a). Esse encontro **com** e **da** alteridade é uma experiência que nos coloca um teste: "[...] dele nasce a tentação de reduzir a diferença à força, podendo também gerar o desafio da comunicação como um empenho constantemente renovado" (BAUMAN, 1999b, p. 17). E, para Bauman, é o modelo republicano de sociedade que oferece o cenário mais promissor para o encontro dessas diferenças culturais, pois nele se examinam e se discutem abertamente sobre os diversos valores de uma mesma sociedade ou entre grupos sociais diferentes. Essa abertura aos outros é precondição para uma humanidade diferente, e a escola, esta é a expectativa, pode e deve tomar parte nisso.

As potencialidades da sociologia de Bauman para se refletir sobre a escola e a tarefa educativa no polifônico contexto da modernidade líquida não se encerram por aí. O antifundacionalismo e contextualismo[30] de sua perspectiva apontam para outras consequências que precisam ser enfrentadas por nossas teorias e práticas formativas. Consideremos, agora, a relação *vertical* que sempre caracterizou o diálogo entre os teóricos educacionais e os professores das escolas, ou então entre a universidade e a escola. Os primeiros sempre foram vistos como produtores de cultura e de um saber elevado, enquanto os segundos foram concebidos como simples reprodutores das ideias daqueles (que pensam, são mais reflexivos e estão mais próximos da verdade como qualidade do conhecimento). Com o declínio da *razão legisladora* e a ascensão da *razão interpretativa*, a caracterização negativa que sempre esteve associada ao primeiro polo daquelas oposições deixa de fazer sentido. O que garante a legitimidade

---

[30] Esse antifundacionalismo e contextualismo pode ser lido como uma influência de Richard Rorty na obra de Bauman, filósofo que, para o sociólogo (1997a, 1998b), oferece a perspectiva mais radical e profícua da nova condição do discurso intelectual na sociedade pós-moderna ou moderno-líquida. Não é mera coincidência que a tensão que passar a existir entre a sociologia de Bauman e a filosofia de Habermas é a mesma que anima a "disputa filosófica" de Habermas com o próprio Rorty em relação à necessidade ou não de fundamentação filosófica e racional que transcenda o local do contexto, quanto à necessidade de sua ancoragem universal.

maior da interpretação/tradução oferecida pelos teóricos educacionais (ou da universidade) em relação à interpretação/tradução dos professores imersos no cotidiano escolar? O que sustenta que esses produzam um saber incapaz de se aproximar da interpretação tal como definida por aqueles? Aliás, quem define que esses (os teóricos da educação) estão em condições de dizer algo que corresponda à interpretação verdadeira? E os professores escolares, como seres reflexivos e tradutores, também não produzem interpretações verídicas? Seus saberes, vinculado à ação, também não tem uma dinâmica própria, desconhecida e muitas vezes desconsiderada pelos intelectuais da educação?

Se tomarmos a perspectiva de Bauman levaríamos a sério a necessidade de estabelecer uma conversação mais *horizontal* entre esses agentes e instituições, na medida em que eles, na conversa, têm condições de aprender uns com os outros, com as interpretações e traduções que conseguem fazer. Prestar atenção à *voz do professor*, conforme solicitava Goodson (1995), supõe uma humildade epistemológica imprescindível à época moderno-líquida, sobretudo se considerarmos que, até há bem pouco tempo, as teorias formativas – inclusive as críticas – estavam muito mais preocupadas em normatizar (dizer a verdade!) sobre as características que deveria reunir um bom professor (o professor crítico, o revolucionário, o progressista) ao invés de analisar o próprio movimento cotidiano, situado e pragmático, em que os professores produziam suas práticas, mas, também, tinham suas vidas produzidas por ela. A formação, assim compreendida, dava a entender que: (a) o problema é sempre do professorado, e não das propostas de mudança; (b) toda a questão é convencer o professor da bondade da mudança e a verdade nela contida, superando a aversão inicial e seus interesses estreitos; (c) silenciam-se as limitações internas das ações legisladoras da administração educativa para impor soluções "racionais", em grande parte concebidas em gabinetes ou centros universitários, à margem de sua incidência na vida das escolas e dos professores. Nessa situação, é como se o cotidiano escolar e a vida do professor correspondessem à negação do projeto de sociedade (de ordem) visado pelos formadores (o "meio" é muito mais infiel e contingente do que qualquer "projeto" é capaz de supor). Persistem, nesse modelo formativo, os antigos vestígios da ânsia legisladora do discurso intelectual. Um dos resultados dessa *legislação* sobre os modos de dizer o "ser professor" pode ser visto na inadequação dos recentes avanços teóricos alcançados pela educação brasileira e sua dificuldade de se materializar, em igual proporção, na intervenção pedagógica. Afinal de contas, aprendemos com Bauman que o resultado de todo esforço ordenador é a produção de mais caos, ambivalência, refugo e desordem. Por que, então, continuar indiferente a isso, se temos a experiência moderna como exemplo?

Considerando a crise da função legisladora da escola e de seu discurso formativo, podemos depreender da perspectiva de Bauman que essas deveriam se desenvolver de modo a pressupor aquela *consciência* ou *sensibilidade* pós-moderna, que aludimos ao final do Capítulo 1. Assim, mais do que escrever novas prescrições para as escolas, *legislar* um novo currículo ou decretar novas diretrizes para as reformas, as teorias e práticas de formação precisam questionar a própria validade das prescrições predeterminadas em um mundo em mudança, líquido. O traço mais saliente dessa nova situação, fonte, aliás, de sua força e também de sua fraqueza, é o fato de essa atitude suspeitar de certezas e promessas não garantidas, de ela se recusar a congelar a história, em profecias (metanarrativas) e legislação antecipadas, antes de a própria história tomar seu curso. Se o futuro não está predeterminado, significa então que ele está aberto. Talvez não "bem aberto" ou "sem fronteiras", mas certamente mais aberto do que estamos dispostos a admitir. É nossa responsabilidade, todavia, "[...] assegurar que não seja ignorada ou negligenciada qualquer possibilidade de um destino melhor para a humanidade, que possa passar ou ser conduzida através desta abertura" (BAUMAN, 2000b, p. 98). Qual tendência prevalecerá, finalmente, é para Bauman uma pergunta aberta, de modo que seria mais sensato nos precavermos daquelas teorias (pedagógicas) que presumem o contrário, se adiantando às opções históricas. Viver na contingência significa comportar-se sem uma garantia definitiva, mas "somente" com uma certeza provisória, pragmática, até que se prove o contrário. Aceitar esse fato significa saber que a jornada não tem um destino claro e, ainda assim, persistir na viagem.

Dilemas e desafios educacionais na modernidade líquida

> *Precisamos da educação ao longo da vida para termos escolha. Mas precisamos dela ainda mais para preservar as condições que tornam essa escolha possível e a colocam a nosso alcance*
> Bauman, 2007a, p. 167

Neste capítulo, continuamos o exercício de extrair possíveis consequências educacionais da sociologia de Bauman, desta vez por meio da discussão de alguns dilemas e desafios que a sociedade contemporânea (líquida, fluida e volátil) reserva à educação escolarizada. Uma questão orienta nossa reflexão: em que medida possessões duráveis de conhecimento, daqueles que duram a vida inteira, ainda interessam à escola e aos processos formativos? Dito de outro modo, qual o sentido de uma *educação para a toda a vida* na sociedade líquida?

Concebida para um mundo ordenado, em que tudo que estava sólido se desmanchava no ar com a promessa de se levantar estruturas ainda mais duráveis do que as que caíam em ruínas, a *forma escolar* moderno-sólida tinha em seu horizonte perspectivas de longa duração, baseadas em um processo educativo que, indiferente à novidade, ao acaso e à desordem, visava alimentar os aprendizes com uma *educação para toda a vida*. Nesse contexto, o conhecimento adquiria valor proporcional à sua duração, e a escola tinha qualidade na medida em que fornecia esse conhecimento de valor duradouro, bem adaptado, portanto, ao mundo sólido. A educação escolarizada foi, assim, visualizada como uma atividade voltada para a entrega de um *produto*, que, como qualquer outra posse, poderia ser consumido hoje e sempre. Nas palavras de Bauman (2007a, p. 154), "Os filósofos da educação da era sólido-moderna viam os professores como lançadores de mísseis balísticos e os instruíam sobre como garantir que seus produtos permanecessem estritamente no curso predeterminado pelo impulso original". Nesse contexto, frases do tipo: onde você se formou? Em qual lugar você obteve sua educação?, expressam bem essa paisagem cognitiva da educação como resultado de algo que se ganha de *uma vez por todas* (produto) e jamais se perde.

Bauman (2002c) ilustrou esse aspecto da educação escolarizada na modernidade sólida recorrendo aos arquiconhecidos experimentos do fisiólogo russo Ivan Petrovich Pavlov (*reflexo condicionado*) e do psicólogo americano Burrhus Frederic Skinner (*teoria do reforço*), com cães e ratos, respectivamente. A despeito das diferenças entre ambas as teorias, o sociólogo aponta para a característica que sustentava as estratégias de aprendizagem daqueles pesquisadores: "[...] o axioma do mundo como a referência de estrutura imutável para a aprendizagem, o único guia confiável para as atividades de aprendizagem e juiz supremo e incorruptível dos efeitos da aprendizagem" (BAUMAN, 2002c, p. 44). Um mundo assim concebido e fabricado era facilmente manipulável, atendendo com perfeição às situações educativas: uma operação "x" leva a uma situação "y", uma operação "b", leva, inexoravelmente, a uma situação "c". Assim estruturado, o modo humano de estar no mundo dependia do processo de educação (aprendizagem) e, consequentemente, da capacidade de as pessoas se ajustarem ao formato deste mundo, que permanecia, em sua crença, "o mesmo o tempo todo" e não podia ser desafiado.

Bauman compreende que, com a passagem da modernidade sólida à modernidade líquida, tanto a ordem imutável do mundo como a ordem não menos eterna da "natureza humana", princípios primordiais associados à tarefa educativa, se encontram em apuros. Eram esses pressupostos que garantiam, por um lado, os benefícios da transmissão do conhecimento aos alunos, e, de outro lado, forneciam ao professor a autoconfiança necessária para "gravar" na cabeça daqueles "[...] a forma que presumia ser, para todo o sempre, justa, bela e boa – e, por estas razões, virtuosa e nobre" (BAUMAN, 2002c, p. 50). Aprendemos com seu diagnóstico que esse tipo de ordem social, sólida e imutável, é tudo o que não temos na sociedade que fez da liquidez seu paradigma. Isso representa, desse modo, um duro golpe para a educação escolarizada, exatamente porque o processo formativo, moldado à maneira da modernidade sólida, visava uma educação que era "feita sob medida" para a reinvenção de uma organização social (interessada na rotina e na ordem) que não é mais a que vivemos. A tese de Bauman (2000b, 2001b, 2002c, 2007a) é a de que o "mundo do lado de fora" das escolas cresceu diferente do tipo de mundo para o qual as escolas estavam preparadas a educar nossos alunos. Em tais circunstâncias, *preparar para toda a vida*, essa invariável e perene tarefa da educação na modernidade sólida, vai adquirir um novo significado diante das atuais circunstâncias sociais.

Nós vamos encontrar, em Bauman, duas interpretações desta nova condição da *educação para toda a vida* na modernidade líquida. Ambas apontam, malgrado suas distinções, que a ideia da educação concebida como um *produto*, adquirido e conservado de uma vez por todas ao longo da vida, entra em declínio, não depondo mais a favor, como outrora, da educação escolarizada.

Na primeira dessas interpretações, o sociólogo destaca alguns impasses que o antigo ideal educacional da modernidade sólida enfrenta. Se a modernidade sólida era obcecada pela durabilidade e pela ordem, em tempos moderno-líquidos, apropriações duráveis, produtos apropriados de uma vez e jamais substituídos, perderam a passada atração: "Antes visto como ativo, são agora mais provavelmente vistos com passivo. Antes de objetos de desejo, tornaram-se objetos de ressentimento" (BAUMAN, 2002c, p. 48). A formação é impensável de qualquer outra forma que não seja uma reformação permanente e eternamente inconclusa, pois a sociedade contemporânea (sociedade de consumidores) tem destronado, em proporções nunca vistas antes, a duração, e situado o valor da fugacidade, da rapidez, do excesso e do desperdício em nível superior à durabilidade e à permanência. O consumismo que caracteriza os processos de individualização na modernidade atual não visa o acúmulo de conhecimento, mas o gozo fugaz que eles propiciam. É o próprio sociólogo, então, quem se pergunta:

> Por que, então, o conjunto de conhecimentos obtidos, durante a estadia na escola e no colégio, deveria fugir à regra universal? No torvelinho da mudança, o conhecimento serve para uso imediato e único; conhecimento pronto-para-o-uso e imediatamente disponível, do tipo prometido pelos programas de software, que entram e saem das prateleiras das lojas em uma sucessão sempre acelerada, parece muito mais atraente. (BAUMAN, 2002c, p. 49)

Podem sobreviver a educação e a formação ao declínio da durabilidade, da perpetuidade e da infinitude, primeiras vítimas colaterais do mercado de consumo? Se tomarmos a clássica relação da educação com o trabalho, sem dificuldade notaremos que a "natureza" desse está em posição diametralmente oposta à "natureza" da formação sólido-moderna, pois, no mundo de corte empresarial e prático da sociedade de consumidores, tudo aquilo que não pode demonstrar seu valor instrumental, quer dizer, que vise à formação pessoal mais além da vantagem comercial, é demasiadamente arriscado (BAUMAN, 2001a). Os tipos de habilidade que se demandam no atual mercado de trabalho não exigem um conjunto de aprendizagens sistemáticas e de longo prazo. Um *corpus* bem definido e logicamente congruente de destrezas e hábitos adquiridos, com a experiência que só o "longo tempo" poderia fornecer, não é mais visto como vantagem no corrente sistema produtivo. Seguir a rotina não é mais um bom conselho. Flexibilidade é a palavra da moda: a habilidade de abandonar hábitos do presente com rapidez torna-se ainda mais importante do que a aprendizagem de novos hábitos. Em tais circunstâncias, a formação profissional a curto prazo, orientada diretamente aos empregos e obtidas nos cursos flexíveis e em equipes de aprendizagem autodidatas, são muito mais atraentes do que a "educação à moda antiga". Isso dispõe o culto da *educação por toda vida*, ao menos parcialmente, à necessidade de constante atualização do "estado da arte" da informação profissional, cada vez mais associada à regra da eficiência, da competitividade, das múltiplas competências e da alta criatividade, sendo seu argumento principal dotar o mercado de trabalho das mobilidades e habilidades básicas relacionadas ao emprego.

Nesse cenário nada animador para a perspectiva de uma formação a longo prazo, todos os bens educacionais tendem a ser postos a serviço de "projetos" de caráter excepcional e efêmero. Os indivíduos não devem se sentir apegados ao conhecimento que adquirem e, em hipótese alguma, precisam se acostumar a comportar-se conforme o sentido proposto por ele, pois todo conhecimento, transformado agora em informação, apresenta-se ultrapassado muito rapidamente e pode mostrar-se enganoso em vez de proporcionar uma orientação confiável. Em semelhante mundo, a aprendizagem está fadada a perseguir, inexoravelmente, objetos indefiníveis que, tão logo sejam apanhados, se dissolvem. Do princípio ao fim, a ênfase do conhecimento que se adquire é "[...] eminentemente descartável, bom apenas até segunda ordem e só temporariamente útil, e [...] a garantia do sucesso é não descuidar do momento em que o conhecimento adquirido não tem mais utilidade e precisa ser jogado fora, esquecido e substituído" (BAUMAN, 2007a, p. 154). Atribuir importância ao conhecimento disponível é tarefa das mais difíceis, pois a única regra a servir de guia é a relevância momentânea do assunto. Em tom de brincadeira, o sociólogo diz que esta forma de se conceber o conhecimento (traduzido como informação) guarda relação com o hábito de tomar café: só é bom quando forte e quente, esfriando rapidamente antes que seu gosto possa ser saboreado e avaliado por completo. Se for a informação sobre o mundo servida como o café,

> [...] a velocidade de sua ida e vinda prediz o fim do entendimento: um bit de informação é caçado por outro antes mesmo que possa ser absorvido, e, uma vez que eles não são assimilados, não podem ser conectados a uma cadeia de eventos significativa. Cada evento deve assim 'sobreviver' por conta própria, e o senso de totalidade é deixado para trás pelos competidores já no início da caçada. (BAUMAN, 2000b, p. 99-100)

É essa massa do conhecimento acumulado como informação que se transformou em um dos mais poderosos epítomes contemporâneos da desordem e do caos. É o volume gigantesco de informação que aparece hoje como vasta, misteriosa e selvagem. Nessas condições, Bauman (2002c) conclui que os organismos institucionais de todos os graus de ensino (escolas e universidades, por exemplo) veem que seu direito, então inquestionável, de decidir as regras do "bem viver" e da competência profissional, perdem sua legitimidade a toda velocidade. Em um tempo em que muitos, sejam estudantes ou professores, têm acesso à internet, em que as últimas ideias da ciência estão ao alcance de todos e que o acesso à erudição depende do dinheiro que se tenha e não da posse de um título, é difícil afirmar, com certeza, que a escola e seus professores mantêm a posse mais legítima do saber. Para o sociólogo, foi a qualificação do conhecimento em informação que revelou até que ponto a pretendida autoridade dos docentes se baseava em um domínio exclusivo e coletivamente exercido sobre as fontes do conhecimento e a vigilância sem apelação dos caminhos que levavam a essas fontes. Com essas propriedades agora desreguladas e privatizadas, torna-se ainda mais difícil sustentar a tese da escola como guardiã do saber que melhor representa o mundo ou então do local em que se busca uma cultura mais elevada.[31] Os novos agentes ou fontes de autoridade hoje existentes são

---

[31] Essa descentralização no papel da escola foi discutida no capítulo anterior.

muito mais habilidosos em fazer que "cheguem suas mensagens" e estão mais em harmonia com os anseios e temores dos consumidores contemporâneos.

Conforme afirma o próprio Bauman (2002c), os moradores da modernidade líquida preferem seguir os inúmeros *conselheiros*, que mostram *uma* dentre as várias possibilidades de como seguir na vida, ao invés de escutar aquele *professor* preocupado em oferecer *uma* única estrada, já bastante congestionada, a ser seguida. E os conselheiros, como tudo o mais na sociedade de consumo, atuam não com mecanismos de repressão, mas de sedução. "Não há sanções contra os que saem da linha e se recusam a prestar atenção – a não ser o horror de perder uma experiência que os outros (tantos outros!) prezam e desfrutam" (BAUMAN, 2003, p. 63). Assim, o máximo que estariam dispostos a fazer é recriminar seus "clientes" (alunos) por preguiça ou negligência, mas jamais por ignorância. Em suas *interpretações* do "bem viver", oferecem àqueles que os procuram o *saber fazer, ser* ou *viver*, não "o saber" que os educadores da modernidade sólida pretendiam divulgar e eram bons em transmitir, de uma vez por todas, aos seus alunos.

Um dos efeitos indesejáveis dessa descentralização da autoridade docente é que a *interpretação* resultante dessas novas fontes de autoridade é orientada pela dinâmica do mercado, que se destaca como a nova meta-autoridade definidora de validações. Para Bauman (1997a), a antiga aliança dos intelectuais com o *Estado jardineiro*, então capaz de legitimar e universalizar o discurso sobre a verdade, o juízo e o gosto, foi substituída pela união, sempre transitória é bem verdade, dos intelectuais com o mercado: é seu mecanismo que hoje ocupa a baliza de juiz, formador de opinião e verificador de valores, distinguindo o bem do mal, o lindo do feio e o verdadeiro do falso. No mercado, não há um único centro de poder nem tampouco nenhuma aspiração a criá-lo (função, na modernidade sólida, ocupada pelo *Estado jardineiro*). Não existe, assim, um ponto de apoio (universal) desde o qual se pudesse emitir pronunciamentos de autoridade e nenhum recurso de poder concentrado e exclusivo para alavancar uma massiva campanha proselitista. É o *valor da notícia* nos meios de comunicação, e não os critérios ortodoxos da educação escolarizada, que determina o valor da hierarquia dessa autoridade baseada no mercado, tão instável e breve como o *valor de notícia* das mensagens. Esse valor é cada vez maior na medida em que se torna mais notório, ou seja, na medida em que é mais conhecido e seguido por outras pessoas. Vale a seguinte regra para a autoridade: falam de mim, logo existo! Nessa situação, Bauman vai dizer que a não mais inquestionável autoridade do professor em orientar a lógica da aprendizagem compete, sem muitas chances de ser ouvida, com as sedutoras e muito mais atraentes mensagens das celebridades, sejam jogadores de futebol, artistas, frequentadores de *reality shows* ou políticos oportunistas.

De acordo com essa análise de Bauman, o arrebatador sentimento de crise que experimenta hoje o postulado da *educação para toda vida* não é tanto decorrente da "descoberta" de seu caráter inacabado, mas muito mais resultado da precarização e da privatização dos processos de formação em curso, de sua submissão às regras procedimentais do mercado (de trabalho), da transformação do conhecimento em informação destituída de valor, da dispersão de autoridades, da polifonia das mensagens no mercado dos conselheiros (muitas das quais desprovidas de valor) e do caráter fragmentário e fugaz do episódico mundo em que vivemos.

Ao se concentrar nesses impasses, o sociólogo nos fornece um quadro no mínimo angustiante da transformação resultante dos sentidos e significados da *educação para toda vida* na atualidade. Sua reflexão a esse respeito, todavia, não para por aí, indo um pouco mais longe. Fazendo jus ao título de *pensador da ambiguidade*, podemos também aprender e extrair consequências positivas do *status* daquele pressuposto educacional em condições moderno-líquidas. Nessa outra interpretação, Bauman destacará os desafios que decorrem do fato de o processo educacional não mais visar um conhecimento imutável para todo o sempre em meio a um mundo em constante modificação, considerando fundamental desenvolver um tipo de aprendizado capaz de romper com a regularidade, flexível o bastante a ponto de permitir liberar-se de "velhos" hábitos e com uma enorme capacidade de reorganizar experiências episódicas e fragmentárias em pautas anteriormente pouco familiares. Se as regras do jogo para as teorias e práticas formativas não estão mais definidas *a priori*, como discutimos no capítulo anterior, isso significa que elas devem cultivar um aprendizado que fomente a capacidade de viver em paz com a incerteza "diariamente fabricada" e com a ambiguidade, com uma diversidade de pontos de vista e com a inexistência de autoridades infalíveis e seguras; deve significar também o fortalecimento das faculdades (auto) críticas e o valor necessário para assumir a responsabilidade pelas escolhas que se fazem e suas consequências; deve, do mesmo modo, corresponder à formação da capacidade para mudar as regras em face do inesperado e evitar a tentação de não segurar a liberdade com as próprias mãos, sabendo lidar com a indecisão e a angústia que acompanha as alegrias do novo, do inexplorado e do estranho. Longe de ser uma distorção do processo de *educação para toda vida* e um desvio de seu verdadeiro objetivo, esse tipo de aprendizagem adquire valor supremo e se mostra fundamental para o que é indispensável à educação na vida moderno-líquida. Pode-se esperar que essas novas qualidades tenham chance de sucesso se estiverem vinculadas não a um *único* programa e cenário educativo concreto, mas sim a uma *variedade* de programas e acontecimentos entrecruzados e em concorrência.

Como a *forma escolar* moderna foi concebida em um cenário rigidamente estruturado (com começo, meio e fim) e a teoria educativa (seu discurso intelectual) desenvolveu-se como reflexão sobre as ambições modernas e suas encarnações institucionais, esse cenário não governado (e, com todas as probabilidades, ingovernável) dá o que pensar entre os teóricos e profissionais da educação, sendo visto como um motivo de preocupação e de crise (da escola) (BAUMAN, 2001b). Afinal de contas, é duro conviver com a ideia de que a aquisição e ampliação do conhecimento, na sociedade da informação, se exprime melhor hoje não por sua capacidade de gerar cada vez mais a certeza no agir, mas sim graças à tendência de aumentar nosso campo de ignorância, de dúvida, de incerteza e de contingência (BAUMAN, 1999a). Em outros termos, "O impetuoso crescimento do novo conhecimento e o não menos rápido envelhecimento do conhecimento prévio se combinam para produzir ignorância humana em grande escala e para reabastecer continuamente, talvez até ampliar, o estoque" (BAUMAN, 2007a, p. 156). Sem deixar de reconhecer que a força dessa nova paisagem cognitiva é fonte também de novas vulnerabilidades e mal-estares, capazes de produzir, inclusive, personalidades apáticas ou, no outro extremo, esquizofrênicas, Bauman nos incita (jogando mais uma vez com a típica ambiguidade ou dialética da modernidade) a considerar as possibilidades por ela abertas às teorias e práticas formativas na modernidade líquida. Considerando este novo habitat (que pode ser denominado de maneiras distintas: pós-moderno, moderno-líquido, sociedade de consumidores ou modernidade leve), que conscientemente abraça o que outrora era evitado (ambivalência, caos, desordem, estranhos, contingência, ambiguidade, incerteza), o convite que Bauman nos faz, se referindo ele próprio às filosofias e teorias educativas, é enfrentar a tarefa,

> [...] desconhecida e desafiante, de teorizar um processo formativo que não está guiado desde o começo por uma forma selecionada como objetivo e desenhada com antecipação; de modelar sem que o modelo a que se quer chegar se conheça nem veja com claridade; um processo que pode esboçar seus resultados, sem nunca impô-los, e que integra essa limitação em sua própria estrutura; em suma, um processo aberto, mais preocupado em seguir aberto que por qualquer produto concreto e que teme mais a toda conclusão prematura que a possibilidade de permanecer sempre sem conclusão. Este é, talvez, o maior desafio com que os filósofos da educação, junto com os

demais filósofos, sem ter encontrado na história moderna de sua disciplina. (BAUMAN, 2001b, p. 159)[32]

Trata-se, afinal, de um convite para pôr fim à ordem, à rotina e ao "sempre mesmo" que outrora caracterizou a escola da sociedade moderno-sólida e sua formação. Portanto, não é problemático, para Bauman, o fato de não termos mais, como no passado, um caminho seguro e único a seguir, um projeto escolar coerente e estabelecido de uma vez por todas antes mesmo da partida. O mundo em que os habitantes da modernidade líquida têm que viver e desenvolver suas estratégias de vida dá muito importância à educação do tipo *terciário*, caracterizada por uma aprendizagem que, infelizmente, nossas instituições educativas herdadas, nascidas e amadurecidas no moderno projeto ordenador ainda estão pouco preparadas para lidar. Para Bauman, é exatamente essa forma de educação e aprendizagem que tem mais possibilidades de oferecer aos homens e mulheres da modernidade líquida as condições de perseguir seus objetivos existenciais com pelo menos um pouco mais de confiança e engenhosidade, aumentando suas chances de sucesso.

Engana-se, porém, quem pense que Bauman defenda que as escolas, as teorias e as práticas formativas visem somente adaptar as habilidades humanas ao ritmo acelerado da mudança mundial, ao tempo episódico e fragmentado em que vivemos. Para ele, o imperativo mais importante da atual configuração do discurso da *educação para toda a vida* é "[...] tornar esse mundo em rápida mudança mais hospitaleiro para a humanidade" (BAUMAN, 2007a, p. 164). A finalidade da educação, nesse caso, seria "[...] contestar o impacto das experiências do dia-a-dia, enfrentá-las e por fim desafiar as pressões que surgem do ambiente social" (BAUMAN, 2007a, p. 21).

---

[32] Bauman caracterizou esse processo formativo pelo nome de aprendizagem terciária, retomando uma ideia presente em Gregory Bateson, a partir da distinção que este fez entre a aprendizagem de primeiro, segundo e terceiro grau. Podemos encontrar um desdobramento dessa reflexão do sociólogo no texto de Goodson (2007).

Na introdução do livro *Vida líquida* (2007a), Bauman reproduz uma tese do filósofo Richard Rorty[33] que resume bem o duplo desafio da educação na modernidade líquida: além de promover a *socialização*, ou seja, preparar as pessoas para o mundo cambiável em que vivemos, a *individualização* pressuposta nos mecanismos educacionais, ao mesmo tempo em que evita decretar o que é certo ou verdadeiro e provocar sua manifestação,[34] consiste no exercício de "agitar" os estudantes e incitar-lhes a dúvida sobre a imagem que têm de si e da sociedade em que estão inseridos, e, nesse movimento, desafiar o consenso prevalecente. Os professores seriam, assim, intelectuais que ajudam a assegurar que a consciência moral de cada geração seja diferente da geração anterior.[35] Se considerarmos o consenso prevalecente na sociedade em que vivemos (a "moral" dos tempos líquidos), significa dizer que os processos educativos, de acordo com as especificidades de cada disciplina, poderiam tomar parte na: (1) reflexão sobre a atual configuração da *razão de Estado*, direcionada ao papel de intermediária honesta e fiel às demandas do mercado: o poder local da política é enfraquecido diante da força extraterritorial do capital; (2) análise dos danos causados por uma *economia política da incerteza* (BAUMAN, 2000a) que fez da ambivalência, outrora responsabilidade social, assunto de foro íntimo: a obtenção da clareza de propósito e sentido torna-se tarefa individual e responsabilidade pessoal. Em termos educacionais, esse processo evidencia que as próprias tarefas de aprendizagem foram privatizadas e entregues às regras do mercado. Têm mais condições de aprender, e aprender mais coisas, aqueles que estão dispostos e têm condições de pagar pelo conhe-

---

[33] Esta tese está presente no livro de Rorty chamado *Filosofia e esperança social*, ainda não traduzido para o português. Os dois textos rortyanos que Bauman utiliza foram publicados no Brasil em Ghiraldelli Júnior (2002).

[34] Refletimos sobre essa característica no Capítulo 3.

[35] Diferente não no sentido de serem mais "verdadeiras", mas sim por resultarem em/ou de processos políticos e éticos mais democráticos e justos do que os da geração anterior.

cimento que pretendem adquirir. Por consequência, tanto o sucesso como o fracasso, são de responsabilidade individual; (3) reconstrução de um espaço público em que homens e mulheres possam participar em uma troca contínua entre o individual e o coletivo, entre os interesses, direitos e deveres de índole privada e os de caráter comunal. Nessas circunstâncias, o que mais necessitamos não é adaptar a educação ao mercado de trabalho, mas sim ressuscitar a arte de interação e diálogo com os outros e fomentar uma *educação para a cidadania* ao longo de toda a vida (BAUMAN, 2007a); (4) reflexão sobre a passagem do *Estado social* ao *Estado de guarnição*, quer dizer, aquele tipo de Estado que, além de proteger os interesses das corporações transnacionais, assume a tarefa de manter o local circunscrito por suas fronteiras em segurança, radicalizando o grau de repressão e lançando na esfera pública uma campanha a favor da criminalização de problemas que são eminentemente sociais.

E é o próprio Bauman (2007a), novamente, quem pergunta: estariam a educação e os educadores à altura dessas tarefas? Serão eles capazes de resistir à pressão? Conseguirão evitar se arregimentar pelas mesmas pressões que visam confrontar? Poderão contribuir para a construção de uma nova agenda pública da emancipação, unindo novamente o que a combinação da individualização formal e o divórcio entre o poder e a política partiram em pedaços? As esperanças de instrumentalizar a educação como alavanca para desestabilizar e desalojar as pressões dos "fatos sociais" e seus consensos parecem tão imortais quanto vulneráveis. "Uma intervenção política é inevitável caso se queira evitar a ruína" (BAUMAN, 2007a, p. 158). Enquanto ela não vem, a esperança está viva e passa bem, sendo reconhecida pelo nome de pedagogia crítica,[36] ou seja,

> [...] quando a educação afia sua aresta crítica, 'fazendo a sociedade se sentir culpada' e 'agitando as coisas' por

---

[36] É o próprio sociólogo quem emprega o termo pedagogia crítica. Nas vezes em que isso acontece, ele costuma referenciar o conhecido curriculista americano Henry Giroux, autor com grande inserção no campo curricular brasileiro.

meio da perturbação das consciências. Os destinos da liberdade, da democracia que a torna possível, ao mesmo tempo em que é possibilitada por ela, e da educação que produz a insatisfação com o nível de liberdade e democracia até aqui atingido são inextricavelmente ligados e não podem ser separados um do outro. Pode-se ver essa conexão íntima como outra espécie de círculo vicioso – mas é nesse círculo, e só nele, que as esperanças humanas e as chances da humanidade se inserem (BAUMAN, 2007a, p. 23).

BAUMAN E A TEORIA EDUCACIONAL NO BRASIL:
RECEPÇÃO ATUAL E PERSPECTIVAS

Organizamos o livro de modo a trabalhar, inicialmente, aspectos teóricos ligados à sociologia de Bauman. Nesse exercício, procuramos demonstrar os principais argumentos que dão forma tanto à *fase modernista* como à *fase mosaica* (TESTER, 2004) de seu empreendimento sociológico. Não nos concentramos, deste modo, na investigação das outras *fases* de sua obra, como aquela em que é muito influenciado pelo marxismo (entre as décadas de 1960 e 1970), mas, também, aquela em que se aproxima da discussão moral (uma consequência, por assim dizer, de sua crítica da modernidade). Tanto em um como no outro capítulo, tivemos a preocupação de apontar alguns interlocutores de Bauman (em especial Foucault, Rorty, Habermas, Adorno, e Levinas) e as influências que eles exercem em seus escritos. Essas influências ajudam a dar forma ao estilo ensaístico da escrita do sociólogo. Na elaboração de sua análise crítica das sociedades moderna e contemporânea, Bauman vale-se de um conjunto diferenciado de autores e mesmo investigações sociológicas alheias de caráter empírico.

Nos outros dois capítulos, nossa intenção foi a de extrair consequências educacionais dos escritos de Bauman. Elas não devem ser vistas, é importante alertar, como lições ou receitas, até porque isso contraria a sociologia do autor. São reflexões que tão somente nos ajudam a pensar sobre o papel da escola e da educação no mundo contemporâneo.

Devemos admitir que essa tarefa não foi das mais fáceis, sobretudo porque ele, a despeito de ter feito algumas poucas reflexões sobre a educação, não é um autor que se dedicou intensamente à temática.

Em todos os capítulos, tomamos o cuidado de preservar a conotação ambígua da análise de Bauman. Essa postura tem muito a ver com o próprio entendimento do autor sobre as práticas culturais, então concebidas como fenômenos ambivalentes, não presas à lógica binária do "isto ou aquilo", mas analisadas como a simultaneidade do "isto e também aquilo". Dito de outro modo, ambivalente é a forma de existência dos objetos da percepção e da cultura, constituídas não de partes separadas, mas de dimensões simultâneas. Não surpreende que, para ele, *"A cultura não é uma gaiola nem a chave que a abre. Ou, antes, ela é tanto a gaiola quanto a chave simultaneamente"* (BAUMAN, 1998b, p. 175). Esse traço de sua sociologia foi muito importante durante a escrita do livro, pois nos permitiu mostrar como os mal-estares, os medos, as angústias e os dilemas resultantes da crise escolar e formativa de nosso tempo vêm acompanhados de novas aberturas, inéditos desafios e inúmeras possibilidades, sendo um aspecto inseparável do outro. Em tais circunstâncias, defendemos a ideia de que o reconhecimento dessa ambiguidade é o primeiro passo, do longo caminho, na direção de aprender a lidar com as incertezas e dúvidas que hoje assolam a prática educacional.

Antes de finalizar, gostaríamos de descrever alguns usos já feitos da sociologia de Bauman no campo educacional brasileiro. Após esse exercício, situamos seu trabalho em relação a recentes deslocamentos nas práticas e teorizações curriculares.

Como dissemos na introdução, o nome de Bauman começa a figurar entre as principais referências dos grupos de pesquisa ligados ao Grupo de Trabalho Currículo, da Associação Nacional de Pós-Graduação em Educação (ANPEd). No entanto, entendemos não ser possível ainda falar em uma sociologia da educação ou do currículo de cariz baumaniano. Outro traço importante do emprego da obra de Bauman pela teorização curricular, no Brasil, é o de que o mesmo acontece normalmente articulando o autor com escritos de Foucault, como é o caso de Veiga-Neto.

Veiga-Neto desenvolve, com base nessa interlocução, a sugestão foucaultiana – atualizada por Bauman – da escola como "fábrica da ordem" na sociedade disciplinar. Nesse contexto, discute o currículo como a principal maquinaria da modernidade e sua *episteme*, na medida em que ele é o responsável por imprimir uma ordem espaçotemporal de caráter geométrico, reticular e disciplinar, cuja lógica ultrapassa os muros escolares. De acordo com suas próprias palavras (2003a, p. 10),

> [...] a educação escolarizada foi logo colocada a serviço de uma Modernidade que deveria se tornar a mais homogênea e a menos ambivalente possível. Ou, em outras palavras: uma sociedade a mais previsível e segura possível. Ou, usando o pensamento de Bauman (2000): a escola foi colocada a serviço da limpeza do mundo.

Com a ajuda de Bauman, mas também de Foucault, ele tem produzido inúmeras investigações no sentido de refletir sobre a atualidade dessa organização curricular, levando-se em conta as transformações espaço-temporais que estão ocorrendo no mundo contemporâneo (VEIGA-NETO, 2002a, 2007). Afinal, a geometria do mundo em que vivemos é completamente outra em relação àquela que nossos pais e avós viveram. Tais reordenações, indissociáveis, para ele, da própria crise da modernidade, teriam provocado uma crítica/crise naquela organização, que estaria transitando de uma dinâmica marcadamente disciplinar, estabelecida sob o signo da ordem, em direção a uma dinâmica mais caracterizada pelo controle (VEIGA-NETO, 2008). De acordo com a interpretação de Veiga-Neto, a sociologia de Bauman possibilita desenvolver esse diagnóstico foucaultiano-deleuziano. Não surpreende ele (Veiga-Neto) ter empregado, em inúmeras ocasiões, as metáforas baumanianas com o intuito de compreender essa transição e situá-la em relação à liquidez pós-moderna (ou moderno-líquida) com que, na atualidade, já é pensado e tratado o currículo.

Esse deslocamento estaria produzindo, sempre conforme Veiga-Neto, modificações importantes nos propósitos da educação escolarizada, pois se a vontade de solidez e da ordem que estava na base da escola moderno-sólida visava à formação de indivíduos (e corpos) dóceis, fixos, unos, indivisíveis, centrados e ordenados, a organização escolar moderno-líquida visa à formação de sujeitos (e corpos) líquidos, flexíveis, dinâmicos, fragmentados e múltiplos, mais aptos a lidar com a incerteza, a velocidade e a mobilidade da vida contemporânea. Essa mudança caracterizaria, de acordo com sua interpretação, as novas formas de assujeitamento e subjetivação do mundo atual. Conforme as suas próprias palavras,

> [...] enquanto que o disciplinamento leva a estados de docilidade duradoura, o controle parece estimular a flexibilidade, pois provoca, naqueles sobre o qual atua, artimanhas e artifícios de escape, evasiva e (no limite) recusa. Assim um sujeito dócil é um sujeito fácil de manejar/conduzir porque aprendeu, assumiu e "automatizou" certas disposições mentais-corporais mais ou menos permanentes. O dócil, tendo sido objeto das estratégias disciplinares, fazem delas parte de sua alma, de modo que submete-se a elas, por si mesmo; eles são capazes de se autogovernarem. Um sujeito flexível é diferente: ele é permanentemente tático. Por isso, na busca de maior eficácia para atingir seus objetivos, o sujeito flexível apresenta comportamentos adaptativos e está sempre preparado para mudar de rumo, de modo a enfrentar melhor as mudanças.[37] A docilidade, por ser estável e de longa duração, é da ordem da solidez moderna; a

---

[37] Essa mesma lógica guarda semelhanças com aquilo que Bauman (2001) chamou (em contraposição ao conceito de saúde) de "aptidão", quer dizer, mais do que alcançar níveis de normalidade, os indivíduos, sob a égide do consumo, devem estar sempre aptos para as sensações e possibilidades que estão por vir.

flexibilidade, por ser adaptativa, manhosa, é da ordem da liquidez pós-moderna (VEIGA-NETO, 2008, p. 147).

Para Veiga-Neto, existem algumas maneiras de se identificar a lógica da liquidez operando nos "currículos modernos-líquido" ou, como ele (2007) prefere, pós-modernos. Ele cita (2002a, 2002b), como exemplos: (a) o empenho em se implementar os famosos temas transversais nos currículos escolares, uma alternativa com o objetivo de "[...] resolver e recuperar, pela interdisciplinaridade, a pretensa unidade do mundo que teria sido quebrada na contemporaneidade"; (b) a flexibilização das grades curriculares, dos horários e dos cronogramas escolares; (c) a divisão dos currículos em disciplinas obrigatórias e eletivas; (d) a transição do modelo dos currículos mínimos para o modelo das diretrizes curriculares, menos diretivas; (e) a transformação do currículo em uma tarefa eminentemente pessoal (sua privatização), uma questão a ser decidida mais pelo aluno do que pela escola; (f) a criação dos assim chamados cursos sequenciais, "[...] cuja flexibilidade recoloca, em termos curriculares, o mito da livre-escolha para os agora (assim chamados) clientes. Essa "liberdade" dada ao aluno de escolher e montar o seu currículo pressupõe [...] uma relação de consumo entre sujeito e oferta de mercadorias" (VEIGA-NETO, 2002a, p. 182). Essas reordenações podem ser concebidas ou como esforços de desdisciplinar os currículos ou, então, como iniciativas com vistas a adaptá-los aos novos tempos, liquefeitos e movediços.

Uma das principais consequências desse processo, segundo o autor, é a transformação do espaço escolar naquilo que Bauman (aliado a outros autores) caracterizou como "não lugares", pois, com a flexibilização moderno-líquida e com a lógica do consumo adentrando ao tempo-espaço escolar, cada instituição "[...] tornou-se um lugar pobre em marcações identitárias, sem história, sem relações minimamente duradouras, em que cada um pode se sentir como se estivesse em casa, mas não deve se comportar como se estivesse em casa" (VEIGA-NETO, 2002a, p. 182). Nessas circunstâncias, as escolas, ao reduzirem os códigos da convivência a um mínimo, deixam de executar uma tarefa nevrálgica de seu passado, ou seja, o ensino da civilidade, pois

> [...] todos ali são residentes temporários, todos ali são potencialmente diferentes: 'cada variedade com seus próprios hábitos e expectativas; o truque é fazer com que isso seja irrelevante durante sua estadia' (BAUMAN, 2001, p. 119).
>
> Esses não-lugares ensinam o individualismo e fazem com que a transitoriedade e o descarte sejam vistos como naturais e, por isso mesmo, sejam aceitos não--problematicamente (VEIGA-NETO, 2002a, p. 183).[38]

Essas considerações de Veiga-Neto, bem afeitas à letra da sociologia de Bauman, são feitas não tanto no sentido de lamentar o desvirtuamento da forma escolar moderno-sólida, defendendo, como ele próprio pontuou (2003b), o retorno das disciplinas (de uma escola, portanto, mais focada na ordem) mas, sim, são apresentadas no sentido de compreender o quanto as condições daquela forma escolar mudaram e continuam se alterando, junto com o próprio espaço-tempo em que estamos inseridos. Tal tipo de leitura é

> [...] condição necessária – ainda que certamente insuficiente – para que se possa colocar a escola e seus muitos dispositivos – entre os quais o próprio currículo –, de alguma maneira a serviço de um maior equilíbrio tanto na distribuição da justiça social, quanto no acesso aos recursos que o mundo pode nos oferecer. (VEIGA-NETO, 2002a, p. 183)

Além de Veiga-Neto, Marisa Vorraber Costa também tem operado, em educação, com a sociologia de Bauman, para ela "[...] um dos autores que tem refletido sobre nosso tempo e apontando para seu caráter enigmático, ameaçador e instável" (COSTA, 2006, p. 179). Assim como Veiga-Neto, e muitas vezes em parceria com ele próprio, Costa também se encarrega de

---

[38] Nas últimas publicações de Bauman (2001a, 2007a), ganha relevo a crítica dessa descartabilidade a partir das análises referentes a valorização do corpo na sociedade de consumidores.

colocar em conversação os escritos de Bauman com a filosofia de Foucault, situando essas duas perspectivas em relação a autores classicamente vinculados aos chamados Estudos Culturais, orientação de pesquisa que, nos últimos anos, tem sido de vital importância na renovação epistemológica e política do campo educacional (em especial nas discussões curriculares). No contexto dessas interlocuções, gostaríamos de ressaltar três operações realizadas por Costa em relação à Bauman.

Em primeiro lugar, Bauman é muito útil a ela nas investigações que tem marcado parte de sua intervenção no debate curricular brasileiro, ou seja, seus estudos a respeito do caráter educativo de diversas produções culturais da sociedade atual, tais como os shoppings, os anúncios publicitários, o cinema, a internet, a televisão, os quadrinhos, o rádio, os blogs, as revistas, etc., que estão profundamente implicadas na produção das identidades e subjetividades contemporâneas, sejam elas de crianças, de jovens de ou adultos.[39]

Além de discutir o caráter dessas "pedagogias culturais",[40] Costa também tem se ocupado das conexões que elas estabelecem com a escola. Suas recentes pesquisas[41] têm inventariado esse novo repertório cultural e olhado para esses acontecimentos em sua materialidade, procurando compreender como circulam, como interferem e o que produzem nas pedagogias escolares. Nessa operação, problematiza essas

> [...] "novidades" – heróis, brinquedos, jogos, filmes, programas de televisão, campanhas publicitárias, identidades,

---

[39] Sugerimos consultar, a esse respeito, Martins (2006), Schimdt (2006) e Protas (2009), orientações conduzidas por Costa em que a influência da sociologia de Bauman é notável.

[40] Pedagogia cultural é uma terminologia bastante comum no âmbito dos Estudos Culturais, sendo utilizada para caracterizar os artefatos não escolares, porém educativos, implicados na produção das subjetividades contemporâneas.

[41] Referimo-nos às pesquisas "Consumo, mídia e espetáculo na cena pedagógica – investigando relações entre escola e cultura contemporânea" e "Quando o pós-moderno invade a escola: um estudo sobre novos artefatos, identidades e práticas culturais", cujos resultados já podem ser vistos em algumas publicações da autora (COSTA, 2006), (COSTA; CORREIA, 2006), (COSTA; et al., 2006).

estilos, modas, práticas, etc. – que tem invadido a escola pública brasileira, perturbando a cena pedagógica, o currículo, a ordem. Elas pincelam com gritantes matizes e exógenos contornos o cenário escolar, outrora de cores e traçados regulares e discretos. (Costa, 2006, p. 178)

Em ambos os casos, a sociologia de Bauman lhe é muito importante na medida em que tais "novidades" não escapam ao mosaico de temas discutidos por ele em sua avaliação do mundo contemporâneo. Nessas circunstâncias, o que Costa desenvolve, com a ajuda do sociólogo, são as relações da escola com a mídia e com o mercado na sociedade de consumidores, na medida em que o espaço escolar e seus protagonistas, à semelhança de outras instâncias sociais e culturais, "[...] aparecem capturados pelas malhas do mercado globalizado e pelas redes de mercantilização e consumo. Imagens de super-heróis e outros personagens da cultura midiática, estampados não apenas nos cadernos e mochilas [...], mas também nos corpos e nas almas" (Costa, 2006, p. 181). Interessa a ela discutir se a escola tem futuro nessa cultura consumista. Pode ela manter-se ilesa à passagem de uma sociedade de produtores a uma sociedade de consumidores? Eis alguns dos temas de Costa em suas intervenções e livros. Seu eixo condutor é "[...] o poder e a modelagem das subjetividades pela cultura do consumo e da mídia na era deslizante e fluída em que vivemos" (Costa, 2006, p .177).

Soma-se a esses usos da sociologia de Bauman o fato de Costa entender que ele não apenas nos permite analisar o papel das pedagogias culturais (em conexão ou não com a escola) na educação das crianças, dos jovens e dos adultos, mas também porque sua obra oferece poderosos *insights* para se pensar o próprio sentido da educação escolarizada (ou das pedagogias escolares) no ambiente cambiante, matizado e fluído em que vivemos. Estaria ela apta a enfrentar esse novo mundo? Se o antigo mundo moderno, conforme a célebre tese de Bauman, foi fraturado e está em cacos, a escola não pode passar imune a essa transformação. O descompasso existente, segundo Costa e Do Ó (2007), ajuda a explicar a sensação de crise pela qual passa a escolarização atual. Longe de lamentar essa situação, e as consequências que ela instaura, ela aposta que isso exige investimentos na busca de um novo modo de ser e de se fazer a escola, no sentido de ela se tornar mais permeável aos novos modos de ser contemporâneo (mais aberta a eles), oportunidade para experimentar inéditas formas de se viver e de educar seus alunos e alunas. Talvez, e isso tem tudo a ver com o espírito de Bauman, os professores pudessem deixar de ser "[...] mensageiros da verdade, e dedicar-se, junto com seus alunos, à construção de representações do mundo, a partir das intermináveis apreensões, interpretações, reinvenções possíveis" (COSTA; Do ó, 2007, p. 116). Há nisso, conforme Costa (2006, p. 179), uma face bastante positiva, admirável e saudável,

> [...] que é o afrouxamento de nossa convicção na verdade absoluta das coisas, o que traz consigo a possibilidade de aceitação de outras versões, de outras leituras, de outras suposições. Este é um tempo de escutas, de penetrar cuidadosamente em um espaçotempo que se esboça totalmente diferente de tudo que já conhecíamos. Talvez esta seja uma das grandes contribuições dos tempos pós-modernos – deixar-nos tão desconfortáveis que desistimos de lamentar um tempo perdido (que nos legou o que temos hoje), e começamos a duvidar de nossos fundamentos, de tais 'bases sólidas', lançando-nos na tarefa de refletir sem reservas sobre nosso próprio tempo. Parece que já é hora de um pouco de fraqueza, um pouco de insegurança, um pouco de fragilidade, um pouco de humildade.

Com Bauman, contudo, aprendemos a levar a sério a ambiguidade das práticas culturais, porque se a ciência está, por um lado, mais humilde, mais consciente de seus limites, por outro, alguns de seus segmentos estão ainda mais ambiciosos e confiantes no seu poder de ordenação da vida – vide o exemplo da manipulação genética.

Gostaríamos, ainda, de situar a sociologia de Bauman em relação a outros dois temas candentes do cenário pedagógico do País. O primeiro trata do reconhecimento e da contemplação das diferenças nas práticas educativas atuais. Desde que a alteridade (ou a ambivalência) deixou de ser uma inconveniência momentânea, a ser extirpada por uma instituição com poderes *ordenadores*, a coexistência de formas de vida concebidas no plural tornou-se factível em outro sentido que não a "má consciência" ou o temporário equilíbrio de forças hostis. Atento a essas transformações, o campo da educação também tratou de absorver essa nova aceitação teórica e política. Uma das consequências mais visíveis desse movimento foi a proliferação de discursos em prol da proposição dos currículos como narrativas étnicas, raciais, de gênero, em suma, vinculados a perspectivas identitárias diversas entre si. Os termos multiculturalismo e pós-colonialismo são dois bons exemplos para sintetizar essa renovação discursiva no âmbito das discussões sobre o currículo. Em casos mais extremados, essa sensibilidade em favor da diferença na escola desencadeou no campo (ou em parte dele) um "movimento" em prol da própria *pedagogia como diferença* (Silva, 2000).

A sociologia de Bauman não só vai alimentar essa sensibilidade pluralista da escola contemporânea (a liberdade, a diferença e a solidariedade como sua bandeira), como acrescenta, para nós, mais uma referência crítica (às já existentes) contra o tipo de tolerância relativista que supõe a natureza essencialista das diferenças. O resultado dessa tendência, contra a qual a sociologia de Bauman se opõe, é um relativismo em nada prudente que procura explicar as diferenças de todos os tipos com base na ideia de que, como isso pertence àquela cultura em particular, alguém exterior a ela não possui legitimidade para questionar os pressupostos de seu funcionamento. Em Bauman, portanto, encontramos uma consistente crítica a esse tipo de multiculturalismo e às políticas de reconhecimento que desencadeia. Sua perspectiva, desse modo, não se limita a reconhecer a presença das distintas identidades (ou seria melhor dizer diferença, na medida em que aquelas se afirmam nessas) no interior da escola, ensinando, pura e simplesmente, a tolerância ao outro. Todos sabemos que simplesmente "[...] incluir questões como identidade cultural, aceitação da diferença, cidadania ou multiculturalismo não garantirá, por si só, o pluralismo cultural ou um mundo mais justo e melhor" (VEIGA-NETO, 2002a, p. 181).[42] Em um currículo concebido a partir de sua sociologia, a diferença, o outro, a estranheza, a cultura alheia, mais do que respeitada, é colocada permanentemente em questão, pois o que importa é manter a consciência da contingência que envolve a própria presença da diferença, mantendo-os no centro da tensão argumentativa que devem estabelecer com outros universos de valores.

Não surpreende Bauman sugerir, em tais situações, o diálogo como a melhor resposta para o encontro entre diferenças. Assim concebida, sua sociologia afasta-se, conforme a descrição fornecida por Moreira (2002), daquelas perspectivas educacionais que pregam a comunicação impossível, a recusa ao diálogo ou a diferença irredutível,[43] se aproximando muito da posição defendida, em educação, por Nicholas Burbules (1993, 2003).[44] Como diz esse autor,

> [...] pouco se ganha quando a 'diferença' torna-se apenas outra forma de interromper a conversa, dividindo as perspectivas uns dos outros, ou discutindo a relatividade de todas as crenças e valores. Que pode valer a pena conversar nessas circunstâncias? O propósito de examinarmos as formas pelas quais temos conversado sobre a diferença (ou semelhança) é considerar nossas categorias e conceitos não como dados, mas abertos à reflexão e à reconsideração e, assim, encontrar novos modos de pensarmos e conversarmos, juntos, sobre elas. (BURBULES, 2003, p. 183)

---

[42] É o próprio Veiga-Neto (2001, 2003c), recorrendo a Bauman e a Foucault, quem desenvolve essa questão.

[43] Conferir, a este respeito, Corazza e Silva (2003). Ver também o argumento de Elizabeth Ellsworth no texto de Moreira (2002).

[44] As conclusões do próprio Moreira (2001, 2002) guardam afinidades com as de Bauman.

Para Bauman, a habilidade de conviver com a diferença, sem falar da capacidade de gostar dessa vida e aprender com ela, não é uma tarefa fácil e não se faz sozinha, principalmente evitando a conversa com o outro. Essa qualidade, além de ser uma arte que requer estudo e raciocínio, é condição *indispensável* àquilo que, ainda há pouco, Veiga-Neto chamou, a partir de Bauman, de civilidade, quer dizer, a capacidade de interagir com estranhos sem utilizar essa estranheza contra eles e sem pressioná-los a abandoná-la ou a renunciar a alguns traços que os fazem estranhos. O grande desafio, nessas condições, é entrar na conversa sem ter, na esteira de Bauman, algum tipo de fundamento sólido o bastante para não se modificar diante da posição alheia, do totalmente inesperado, que retira nosso chão, nossa segurança e nos lança, como disse Costa (2006) anteriormente, em um mar desprovido de verdades absolutas, onde as incertezas e as dúvidas não estão ali para serem odiadas, mas conscientemente abraçadas.

A segunda dessas temáticas relaciona-se à corrente inclinação contextualista e pragmatista em educação contemporânea, especialmente se considerarmos a importância alcançada pela tese segundo a qual a dimensão da ação pedagógica concreta e seu contexto mais imediato, o cotidiano escolar, precisam ser mais considerados na produção discursiva sobre a escola. A esse respeito, assim se refere Pimenta (2002, p. 36):

> A centralidade colocada nos professores traduziu-se na valorização do seu pensar, do seu sentir, de suas crenças e seus valores como aspectos importantes para se compreender o seu fazer, não apenas de sala de aula, pois os professores não se limitam a executar currículos, senão que também os elaboram, os definem, os re-interpretam.

Entre outras consequências desse movimento, podemos destacar a emergência de conceitos até então pouco usuais no campo pedagógico, com destaque para as teorias envolvendo a noção de *professor reflexivo* e de *epistemologia da prática*, duas categorias que, ao lado das críticas que as acompanharam, encontraram grande adesão no cenário educacional do País.[45]

As estratégias pedagógicas decorrentes da sociologia de Bauman reforçam a importância desses conceitos para melhor compreender a docência. Consideremos, a respeito do conceito de professor-reflexivo, a crise da estratégia intelectual *legisladora* e a ascensão do *intérprete* como marca do trabalho intelectual em condições pós-modernas ou moderno-líquidas. Esse diagnóstico, além de romper com o verticalismo que durante muito tempo caracterizou a relação dos intelectuais com a "massa", fortalece a tese do professor como *intérprete* e *autor* (portanto, a ideia do professor reflexivo) de sua própria prática pedagógica, como alguém que não é um mero aplicador das ideias dos outros (os que "pensam" a educação). Isso representa um duro golpe nas pretensões proselitistas ainda existentes no campo educacional, que continuam a insistir na posse da verdade e, por consequência, da prática educativa que, inexoravelmente, levaria até ela.

De igual maneira, aquela crise também implica uma reordenação na relação da teoria com a prática, pressupondo que o saber situado, balizado na e pela prática, pode e deve almejar *status* de conhecimento legítimo e possuidor de *uma* verdade, pois dotado de uma dinâmica e de um *modus operandi* até então pouco valorizado ou não reconhecido pela teoria pedagógica. É isso ao menos o que apontam, cada vez mais, os estudos que se debruçam sobre o trabalho docente. A sociologia de Bauman, na medida em que é sensível àquilo que escapa ao previamente ordenado por uma teoria em função das contingências, ambiguidades e ambivalências que habitam a própria linguagem – burlando

---

[45] Uma boa apresentação da absorção dessas teorias, bem como dos seus principais autores e as críticas a ela direcionadas, encontra-se na em obra de Pimenta (2002), razão pela qual nos dispensamos de apresentá-las detalhadamente aqui.

sua função classificadora e doadora de sentido – fortalece aquela produção discursiva a respeito do trabalho docente que destaca suas zonas indeterminadas, seus saberes tácitos, oriundos da experiência e das situações inesperadas, então indisponíveis nos manuais (teorias) destinados a tal fim. Com o recurso à Bauman, não deveríamos nos perguntar sobre o melhor uso das teorias pedagógicas, mas sim o que podemos aprender e fazer a partir de um exame cuidadoso dessa epistemologia da prática profissional.

Finalmente, observamos que, embora a influência e a recepção da obra de Bauman, no âmbito da teoria educacional e curricular no Brasil, ainda esteja em seus momentos iniciais, pode-se já perceber a sua potencialidade, dada a ver nos exemplos apresentados aqui. Aliás, temos a expectativa de ter convencido os leitores dessa potencialidade, ao mesmo tempo que da importância de continuar investindo esforços nessa direção.

CRONOLOGIA DE ZYGMUNT BAUMAN

1925 – Nasce na Polônia no dia 19 de novembro, filho de pais judeus polacos.

1939 – Emigra, junto com a família, para o norte da URSS, momento em que, na Europa, se expandia o nazismo, a xenofobia e a pobreza. Tinha 14 anos de idade.

1943 – Bauman, aos 18 anos de idade, alista-se voluntariamente no exército polaco recém-criado na URSS. Ele se tornou um oficial júnior e, na guerra, serviu na unidade avançada de artilharia contra os alemães no Báltico. Sua família retorna ao leste polonês, então sob ocupação dos aliados soviéticos.

1945 – 1953 – Nos anos após a II Guerra Mundial, Bauman conquista muito rapidamente postos importantes no interior do Exército, tornando-se, no início dos anos 1950, um dos mais jovens majores do Exército polonês. É nesse período que ele se torna membro do Partido Comunista Polonês.

1946 – Inicia seus estudos na Faculdade de Filosofia e Ciências Sociais da Universidade de Varsóvia. Conhece Stanislaw Ossowski e Julian Hochfeld, importantes professores que marcariam sua futura carreira como sociólogo. Grande aproximação com o marxismo, mas também abertura para estudos de Durkheim e Simmel.

1948 – Conhece sua futura esposa, Janina Bauman, então estudante de Jornalismo e Ciências Sociais na Universidade de Varsóvia. Ascende ao poder, na Polônia, um governo de caráter stalinista, que permanece no comando até 1956.

1951 – Período de leitura de Antônio Gramsci, em especial seus *Cadernos do Cárcere*. Como o próprio Bauman disse, é Gramsci quem o salvou do "antimarxismo" corrente e lhe desperta para o núcleo moral da obra de Marx.

1953 – É expulso, com 28 anos de idade, do Exército polaco, vítima de antissemitismo.

1954 – Tornou-se o mais novo conferencista da Faculdade de Filosofia e Ciências Sociais da Universidade de Varsóvia.

1956 – Bauman defende sua tese de Doutorado em Sociologia, pela Universidade de Varsóvia.

1956 – 1957 – Em outubro de 1956, Bauman chega à London Schools of Economy para um pós-doutorado. Realiza uma investigação sobre a classe operária, com forte inspiração da historiografia inglesa, em especial Edward Palmer Thompson.

1960 – Regressa à Varsóvia. Publica *Klasa, ruch, elita: studium socjologiczne dziejów angielskiego ruchu robotniczego*, resultado do seu pós-doutorado.

1961 – Assume a cadeira de Sociologia das Relações Políticas na Universidade de Varsóvia, até ocupar, em meados desta década, a cadeira de Sociologia Geral da mesma instituição. Nesse período, circula com muita frequência no âmbito anglo-saxão de Sociologia e publica muitos textos sobre a relação entre a cultura e a sociedade. Assume também o cargo de editor chefe do Studia Socjologiczne (*Sociological Studies*), um dos mais importantes jornais de Sociologia na Polônia.

1966 – Bauman é eleito presidente do Comitê Executivo da Associação Polonesa de Sociologia.

1967 – Bauman se "reconhece" como judeu em uma Polônia antissemita e anti-intelectualista.

1968 – Revolução estudantil em Varsóvia. Seis professores são acusados de influenciar os estudantes, entre eles Bauman. Após ser expulso da Universidade de Varsóvia, vai para Israel, com Janina e as três filhas, ao encontro da mãe e da irmã de sua esposa. Antes, porém, fazem uma rápida escala no campo de refugiados de Viena.

1968 – Bauman se desliga do Partido Comunista Polonês.

1968 – 1971 – Ministra cursos na Universidade de Tel Aviv, Israel. Recebe inúmeras propostas para trabalho das Universidades de Viena, Praga, Montreal, locais que visita com frequência para conferências e cursos. Recebe convite para coordenar o Departamento de Sociologia da Universidade de Canberra e o Departamento de Sociologia da Universidade de Leeds, seu destino final.

1971 – Assume o cargo de chefe do Departamento de Sociologia da Universidade de Leeds, permanecendo nessa Universidade até sua aposentadoria em 1990.

1972 – Aula inaugural em Leeds (apresenta o texto *Culture, values and science of society*). Recorda-se, na ocasião, de duas grandes referências: Stanislaw Ossowski e Julian Hochfeld. Publica a versão inglesa de seus estudos sobre a classe operária (realizado no pós-doutorado), com o título *Between class and elite: the evolution of the british labour movement. A sociological study*.

1973 – Publica *Culture as praxis*, livro em que se aproxima da antropologia de Lévi-Strauss. Mais tarde reconhecerá em Mary Douglas uma importante referência desse campo investigativo. Em 1999, com a segunda edição desse livro, escreve uma longa introdução crítica do mesmo.

1977 – Tradução, para o português, do livro *Towards a critical sociology: an essay on common-sense and emancipation*, com o título *Por uma sociologia crítica: um ensaio sobre senso comum e emancipação*. Primeiro livro de Bauman no Brasil.

1978 – Com a publicação de *Hermeneutics and social science: approaches to understanding*, define os marcos interpretativos de sua sociologia.

1982 – Publica *Memories of class: the pre-history and after-life of class*. Começa sua aproximação com o arcabouço foucaultiano.

1986 – Janina Bauman publica *Winter in the morning*, seu livro de memórias do gueto de Varsóvia durante a II Guerra Mundial. O livro é de grande importância para a sociologia de Bauman, pois foi ao tomar contato com essa experiência traumática da esposa que o sociólogo se aproximou de temáticas que se tornaram caras a ele, como o Holocausto e as discussões morais.

1987 – 1991 – Anos em que escreve sua trilogia crítica da modernidade, composta pelos livros *Legislators and interpreters: on modernity, post-modernity, intellectuals*, *Modernity and the holocaust* e *Modernity and ambivalence*. Aproximação com a filosofia moral de Emmanuel Levinas.

1989 – Recebe o Prêmio Amalfi devido à publicação do livro *Modernity and the holocaust*.

1990 – Aposentadoria da Universidade de Leeds.

1992 – Publicação de *Mortality, immortality and other life strategies*, um dos livros de sua obra que mais aprecia.

1993 – Concebida como déficit da modernidade, publica um livro dedicado à ética (*Postmodern ethics*).

1995 – Em seu aniversário de 70 anos, realizam-se comemorações em Leeds e Varsóvia. Ambas as instituições lhe outorgam o título de professor *emérito*. Um conjunto de ensaios dedicados à Bauman é reunido e publicado no livro *Culture, modernity and revolution: essays in honour of Zygmunt Bauman*, de Kilminster, R. e Varcoe, I.

1997 – As conferências proferidas quando da ida à Varsóvia são reunidas no livro *Postmodernity and its discontents*.

1998 – Recebe o Prêmio Adorno, pelo conjunto de sua obra. Publica *Globalization: the human consequences*, iniciando uma série de reflexões sobre as consequências negativas da globalização.

1999 – Publica o importante *In search of politics*.

1999 – Publicação da primeira biografia intelectual sobre Bauman, denominada *Zygmunt Bauman: prophet of postmodernity*, de autoria de Dennis Smith.

2000 – Publicação de *Liquid modernity*, livro em que abandona o uso da expressão pós-moderno em favor do termo modernidade líquida. Peter Beilharz publica *Zygmunt Bauman: dialectic of modernity*.

2001 – Traduz-se para o Brasil *Liquid Modernity*, com o título *Modernidade líquida*.

2001 – Bauman concede uma longa e detalhada entrevista à Keith Tester, que resulta no livro *Conversations with Zygmunt Bauman*. Peter Beilharz organiza a publicação de 4 volumes com escritos de Bauman e sobre o sociólogo, reunidos no título *Zygmunt Bauman: master of social thought*.

2001 – Bauman publica *Community: seeking safety in an insecure world*.

2001-2008 – Período fértil em publicações e traduções de seus livros para diversos países, inclusive Brasil. Inspirado na metáfora da liquidez, publica vários livros em que ela é a chave de leitura para a reflexão sobre problemas e questões contemporâneas, tais como *Liquid love: on the frailty of human bonds*, *Liquid life*, *Liquid fear*, *Liquid times: living in an age of uncertaint* e *Wasted lives: modernity and its outcasts*.

A imensa capacidade de trabalho de Bauman não cessa com o avanço da idade. Aos 83 anos, continua produzindo como no início da carreira.

LIVROS ESCRITOS EM POLONÊS

BAUMAN, Z. *Zagadnienia centralizmu demokratycznego w pracach Lenina* [*Questions of democratic centralism in lenin's works*]. Warszawa: Książka i Wiedza, 1957.

BAUMAN, Z. *Socjalizm brytyjski: źródła, filozofia, doktryna polityczna* [*British socialism: sources, philosophy, political doctrine*]. Warszawa: Państwowe Wydawnictwo Naukowe, 1959.

BAUMAN, Z. *Klasa, ruch, elita: studium socjologiczne dziejów angielskiego ruchu robotniczego* [*Class, movement, elite: a sociological study on the history of the british labour movement*]. Warszawa: Państwowe Wydawnictwo Naukowe, 1960.

BAUMAN, Z. *Dziejów demokratycznego ideału* [*From the history of the democratic ideal*]. Warszawa: Iskry, 1960.

BAUMAN, Z. *Kariera: cztery szkice socjologiczne* [*Career: four sociological sketches*]. Warszawa: Iskry, 1960.

BAUMAN, Z. *Z zagadnień współczesnej socjologii amerykańskiej* [*Questions of modern american sociology*]. Warszawa: Książka i Wiedza, 1961.

BAUMAN, Z. *Spoleczeństwo: w ktorym żyjemy* [*The society we live in*]. Warsawa: Książka i Wiedza, 1962.

BAUMAN, Z. *Zarys socjologii: zagadnienia i pojęcia* [*Outline of sociology: questions and concepts*]. *Warszawa*: państwowe wydawnictwo naukowe, 1962.

BAUMAN, Z. *Idee, ideały, ideologie* [*Ideas, ideals, ideologies*]. Warszawa: Iskry, 1963.

BAUMAN, Z. *Socjologia na co dzień* [*Sociology for everyday life*]. Warszawa: Iskry, 1964.

BAUMAN, Z. *Wizje ludzkiego świata: studia nad społeczną genezą i funkcją socjologii* [*Visions of a human world: studies on the social genesis and the function of sociology*]. Warszawa: Książka i Wiedza, 1965.

BAUMAN, Z. *Kultura i społeczeństwo: preliminaria* [*Culture and society*: preliminaries]. Warszawa: Państwowe Wydawnictwo Naukowe, 1966.

BAUMAN, Z. *Dwa szkice o moralności ponowoczesnej* [*Two sketches on postmodern morality*]. Warszawa: IK, 1994.

BAUMAN, Z. *Ciało i przemoc w obliczu ponowoczesności* [*Body and violence in the face of postmodernity*]. Toruń: Wydawnictwo Naukowe Uniwersytetu Mikołaja Kopernika, 1997.

LIVROS ESCRITOS EM INGLÊS E ESPANHOL

BAUMAN, Z. *Between class and elite: the evolution of the british labour movement. A sociological study*. Manchester: Manchester University Press, 1972. [Publicação original na Polônia é do ano de 1960].

BAUMAN, Z. *Culture as Praxis*. London: Routledge & Kegan Paul, 1973.

BAUMAN, Z. *Socialism: the active utopia*. New York: Holmes and Meier Publishers, 1976.

BAUMAN, Z. *Towards a critical sociology: an essay on common-sense and emancipation*. London: Routledge & Kegan Paul, 1976.

BAUMAN, Z. *Hermeneutics and social science: approaches to understanding*. London: Hutchinson, 1978.

BAUMAN, Z. *Memories of class: the pre-history and after-life of class*. London/Boston: Routledge & Kegan Paul, 1982.

BAUMAN, Z. *Stalin and the peasant revolution: a case study in the dialectics of master and slave*. Leeds: University of Leeds Department of Sociology, 1985.

BAUMAN, Z. *Legislators and interpreters: on modernity, post-modernity, intellectuals*. Ithaca, N.Y.: Cornell University Press, 1987.

BAUMAN, Z. *Freedom*. Philadelphia: Open University Press, 1988.

BAUMAN, Z. *Modernity and the holocaust*. Ithaca, N.Y.: Cornell University Press, 1989.

BAUMAN, Z. *Paradoxes of assimilation*. New Brunswick: Transaction Publishers, 1990.

BAUMAN, Z. *Thinking sociologically: an introduction for everyone*. Cambridge; Mass: Basil Blackwell, 1990.

BAUMAN, Z. *Modernity and ambivalence*. Ithaca, N.Y.: Cornell University Press, 1991.

BAUMAN, Z. *Intimations of postmodernity*. London, New York: Routhledge, 1992.

BAUMAN, Z. *Mortality, immortality and other life strategies*. Cambridge: Polity, 1992.

BAUMAN, Z. *Postmodern ethics*. Cambridge, MA: Basil Blackwell, 1993.

BAUMAN, Z. *Life in fragments. essays in postmodern morality*. Cambridge, MA: Basil Blackwell, 1995.

BAUMAN, Z. *Alone again: ethics after certainty*. London: Demos, 1996.

BAUMAN, Z. *Postmodernity and its discontents*. New York: New York University Press, 1997.

BAUMAN, Z. *Work, consumerism and the new poor*. Philadelphia: Open University Press, 1998.

BAUMAN, Z. *Globalization: the human consequences*. New York: Columbia University Press, 1998.

BAUMAN, Z. *In search of politics*. Cambridge: Polity, 1999.

BAUMAN, Z. *Liquid modernity*. Cambridge: Polity, 2000.

BAUMAN, Z. *Community*: seeking safety in an insecure world. Cambridge: Polity, 2001.

BAUMAN, Z. *The individualized society*. Cambridge: Polity, 2001.

BAUMAN, Z. *Society under siege*. Cambridge: Polity, 2002.

BAUMAN, Z. *Liquid love: on the frailty of human bonds*. Cambridge: Polity, 2003.

BAUMAN, Z. *City of fears, city of hopes*. London: Goldsmith's College, 2003.

BAUMAN, Z. *Wasted lives: modernity and its outcasts*. Cambridge: Polity, 2004.

BAUMAN, Z. *Europe: an unfinished adventure*. Cambridge: Polity, 2004.

BAUMAN, Z. *Confianza y temor en la ciudade: viver con extrangeros*. Barcelona: Arcadia; Atmarcadia, 2006.

BAUMAN, Z. *Noves fronteres i valors universals*. Barcelona: Diputacio de Barcelona, 2006.

BAUMAN, Z. *Identity: conversations with benedetto vecchi*. Cambridge: Polity, 2004.

BAUMAN, Z. *Liquid life*. Cambridge: Polity, 2005.

BAUMAN, Z. *Los retos de la educacion en la modernidad liquida*. Barcelona: Gedisa, 2007.

BAUMAN, Z. *Liquid fear*. Cambridge: Polity, 2006.

BAUMAN, Z. *Liquid times: living in an age of uncertainty*. Cambridge: Polity, 2006.

BAUMAN, Z. *Consuming life*. Cambridge: Polity, 2007.

BAUMAN, Z. *Does ethics have a chance in a world of consumers?* Cambridge, MA: Harvard University Press, 2008.

BAUMAN, Z. *The art of life*. Cambridge: Polity, 2008.

BAUMAN, Z. *Archipiélago de excepciones*. Comentarios de Giorgio Agamben y debate final. Madri: Katz, 2008.

Livros editados em Português

BAUMAN, Z. *Por uma sociologia crítica*: um ensaio sobre senso comum e emancipação. Rio de Janeiro: Jorge Zahar, 1977.

BAUMAN, Z. *A liberdade*. Lisboa: Estampa, 1989.

BAUMAN, Z. *Ética pós-moderna*. São Paulo: Paulus, 1997.

BAUMAN, Z. *O mal-estar da pós-modernidade*. Rio de Janeiro: Jorge Zahar, 1998.

BAUMAN, Z. *Modernidade e holocausto*. Rio de Janeiro: Jorge Zahar, 1998.

BAUMAN, Z. *Modernidade e ambivalência*. Rio de Janeiro: Jorge Zahar, 1999.

BAUMAN, Z. *Globalização: as consequências humanas*. Rio de Janeiro: Jorge Zahar, 1999.

BAUMAN, Z. *Em busca da política*. Rio de Janeiro: Jorge Zahar, 2000.

BAUMAN, Z. *Modernidade líquida*. Rio de Janeiro: Jorge Zahar, 2001.

BAUMAN, Z. *Comunidade: a busca por segurança no mundo atual*. Rio de Janeiro: Jorge Zahar, 2003.

BAUMAN, Z. *Amor líquido: sobre a fragilidade dos laços humanos*. Rio de Janeiro: Jorge Zahar, 2004.

BAUMAN, Z. *Identidade: entrevista a Benedetto Vecchi*. Rio de Janeiro: Jorge Zahar, 2005.

BAUMAN, Z. *Vidas desperdiçadas*. Rio de Janeiro: Jorge Zahar, 2005.

BAUMAN, Z. *Europa: uma aventura inacabada*. Rio de Janeiro: Jorge Zahar, 2006.

BAUMAN, Z. *Vida líquida*. Rio de Janeiro: Jorge Zahar, 2007.

BAUMAN, Z. *Tempos líquidos*. Rio de Janeiro: Jorge Zahar, 2007.

BAUMAN, Z. *Medo líquido*. Rio de Janeiro: Jorge Zahar, 2008.

BAUMAN, Z. *A sociedade individualizada*: vidas contadas, histórias vividas. Rio de Janeiro: Jorge Zahar, 2008.

BAUMAN, Z. *Vida para consumo: a transformação das pessoas em mercadoria*. Rio de Janeiro: Jorge Zahar, 2008.

BAUMAN, Z. *Confiança e medo na cidade*. Rio de Janeiro: Jorge Zahar, 2009.

BAUMAN, Z. *A arte da vida*. Rio de Janeiro: Jorge Zahar, 2009.

BAUMAN, Z. *Vida a crédito*. Rio de Janeiro: Jorge Zahar, 2010.

BAUMAN, Z. *A ética é possível num mundo de consumidores*. Rio de Janeiro: Jorge Zahar, 2011.

BAUMAN, Z. *Vida em fragmentos*: sobre a ética pós-moderna. Rio de Janeiro: Jorge Zahar, 2011.

BAUMAN, Z. *Legisladores e intérpretes*: modernidade, pós-modernidade e os intelectuais. Rio de Janeiro: Jorge Zahar, 2010.

BAUMAN, Z. *Capitalismo parasitário*. Rio de Janeiro: Jorge Zahar, 2010.

BAUMAN, Z. *Aprendendo a pensar com a sociologia*. Rio de Janeiro: Jorge Zahar, 2010.

BAUMAN, Z. *Bauman sobre Bauman*. Rio de Janeiro: Jorge Zahar, 2011.

BAUMAN, Z. *44 cartas do mundo líquido moderno*. Rio de Janeiro: Jorge Zahar, 2011.

BAUMAN, Z. *Ensaios sobre o conceito de cultura*. Rio de Janeiro: Jorge Zahar, 2012.

BAUMAN, Z. *Isso não é um diário*. Rio de Janeiro: Jorge Zahar, 2012.

BAUMAN, Z. *Sobre educação e juventude*. Rio de Janeiro: Jorge Zahar, 2013.

BAUMAN, Z. *A cultura no mundo líquido moderno*. Rio de Janeiro: Jorge Zahar, 2013.

BAUMAN, Z. *Danos colaterais*. Rio de Janeiro: Jorge Zahar, 2013.

BAUMAN, Z. *Vigilância líquida*. Rio de Janeiro: Jorge Zahar, 2014.

Livros em coautoria

BAUMAN, Z. CHODAK. S.; STROJNOWSKI, J.; BANASZKIEWICZ, J. *Systemy partyjne współczesnego kapitalizmu* [*The party systems of modern capitalism*]. Warsawa: Książka i Wiedza, 1962.

BAUMAN, Z.; JANO, A. C. *Authoritarian politics in communist europe: uniformity and diversity in one-party states*. Berkeley: Institute of International Studies, University of California, 1976.

BAUMAN, Z.; KUBICKI, R.; ZEIDLER-JANISZEWSKA, A. *Humanista w ponowoczesnym świecie: rozmowy o sztuce życia, nauce, życiu sztuki i innych sprawach* [*A humanist in the postmodern world: conversations on the art of life, science, the life of art and other matters*]. Warszawa: Zysk i S-ka, 1997.

BAUMAN, Z.; TESTER, K. *Conversations with Zygmunt Bauman*. Cambridge: Polity, 2001.

BAUMAN, Z.; MATY, T. *Thinking sociologically*. Oxford: Blackwell Publishers, 2001.

Outros textos em Português

BAUMAN, Z. Macrossociologia e pesquisa social na Polônia Contemporânea. In: *Sociologia*. Rio de Janeiro: FGV, 1976. p. 1-15. (Série Ciências Sociais)

BAUMAN, Z. Os livros no diálogo global das culturas. *Revista Tempo Brasileiro*, Rio de Janeiro, n. 142, p. 87-101, jul./set. 2000b.

BAUMAN, Z. Desafios educacionais da modernidade líquida. *Revista Tempo Brasileiro*, Rio de Janeiro, n. 148, p. 41-58. jan./mar. 2002c.

Livros sobre Bauman (no exterior)

BEILHARZ, P. *Zygmunt Bauman: dialectic of modernity*. London: Sage, 2000.

BEILHARZ, P. *The Bauman reader*. Oxford: Blackwell Publishers, 2000.

BEILHARZ, P. *Zygmunt Bauman: master of social thought*. London: Sage, 2001.

BEJAR, H. *Identidades inciertas: Zygmunt Bauman*. Barcelona: Herder, 2007.

BLACKSHAW, T. *Zygmunt Bauman*. London/New York: Routledge, 2005.

DAVIS, M. *Freedom and consumption: a critique of Zygmunt Bauman's sociology*. Ashgate Publishing, 2008.

DAVIS, M.; TESTER, K. *Bauman's challenge*: sociological issues for the twenty-first century. Palgrave Macmillan (no prelo).

ELLIOTT, A. *The contemporary Bauman*. London: Routledge, 2007.

JACOBSEN, M. H. *Zygmunt Bauman: den postmoderne dialektik*. Köpenhamm: Hanz Heitzel Forlag, 2004.

JACOBSEN, M. H.; PODER, P. *The sociology of Zygmunt Bauman: challenges and critique*. London: Ashgate, 2008.

KASTNER, J. *Politik und postmoderne: libertäre aspekte in der soziologie Zygmundt Baumans*. Munster: Unrast, 2000.

KILMINSTER, R.; VARCOE, I. *Culture, modernity and revolution: essays in honour of Zygmunt Bauman*. London: Routledge, 1995.

MATTIAS, J.; THOMAS, K. *Zygmunt Bauman: soziologie zwischen postmoderne und ethik*. Opladen: Leske; Budrish, 2001.

SMITH, D. *Zygmunt Bauman: prophet of postmodernity*. Cambridge: Polity, 1999.

TESTER, K. *Bauman beyond postmodernity: conversations, critiques and annotated bibliography 1989-2005*. Aalborg: Aalborg University Press, 2007.

TESTER, K. *The social thought of Zygmunt Bauman*. Palgrave MacMillan, 2004.

TESTER, K.; JACOBSEN, M. H. *Bauman before postmodernity: invitation, conversations and annotated bibliography 1953-1989*. Aalborg: Aalborg University Press, 2006.

THOMAS, K. *Moralische individualität: eine kritik der postemoderne ethik von Zygmunt Bauman und ihrer soziologischen implikationen fur eine sociele ordnung durch individualiserung*. Oplanden: Leske; Budrish, 2001.

NÚMEROS DE REVISTAS DEDICADAS A BAUMAN[46]

Theory, Culture & Society, London, v. 15, n. 1, feb. 1998.

Thesis Eleven, London, n. 70, aug. 2002.

Revista Anthropos: huellas del conocimiento, Barcelona, n. 206, enero/marzo 2005.

---

[46] Não vamos arrolar os textos de Bauman publicados em revistas nem mesmo os artigos sobre Bauman publicados nos periódicos, pois não teríamos espaço para isso. É impressionante a quantidade de material a esse respeito. Quem tiver interesse em acessar as publicações mais recentes, sugerimos conferir, em especial, as revistas Thesis Eleven e Theory e Culture & Society. A tese de Niclas Mansson (*Negative socialisation: the stranger in the writings of Zygmunt Bauman*) traz um catálogo do que Bauman produziu entre os anos de 1962 e 2004.

ALGUMAS PUBLICAÇÕES QUE, NO BRASIL, DIALOGAM COM O SOCIÓLOGO

ALMEIDA, F. Q. *Bauman e Adorno: sobre a posição do holocausto em duas leituras da modernidade*. 2007, 153 p. Dissertação (Mestrado em Educação) – Programa de Pós-Graduação em Educação, Universidade Federal de Santa Catarina, Florianópolis, 2007.

BAZZANELLA, S. L. *O niilismo em Nietzsche e a ambivalência em Bauman: uma leitura possível do modelo civilizatório ocidental*. 2003, 150 p. Dissertação (Mestrado em Educação) – Programa de Pós-Graduação em Educação, Universidade Federal de Santa Catarina, Florianópolis, 2003.

BRACHT, V.; ALMEIDA, F. Q. *Emancipação e diferença na educação: uma leitura com Bauman*. São Paulo: Autores Associados, 2006.

FRIDMAN, L. C. *O jardim de Marx: comunismo e teoria social contemporânea*. Rio de Janeiro: Relume Dumará, 2003.

GOMES, I. M. *Conselheiros modernos: propostas para a educação do indivíduo saudável*. 2008, 222 p. Doutorado (Doutorado Interdisciplinar em Ciências Humanas) – Programa de Pós-Graduação Interdisciplinar em Ciências Humanas, Universidade Federal de Santa Catarina, Florianópolis, 2008.

MARTINS, J. *Tudo, menos ser gorda: a literatura infanto-juvenil e o dispositivo da magreza*. 2006, 97 p. Dissertação (Mestrado em Educação) – Programa de Pós-Graduação em Educação, Universidade Federal do Rio Grande do Sul, Porto Alegre, 2006.

MORAES, A. L. *Disciplina e controle na escola: do aluno dócil ao aluno flexível*. 2008. Dissertação (Mestrado em Educação)

– Programa de Pós-Graduação em Educação, Universidade Luterana do Brasil, Canoas, 2008.

PROTAS, T. R. V. *Sujeitos líquidos em trânsito nas narrativas contemporâneas*: um estudo sobre motobóis e pedagogias culturais. 2009, Dissertação (Mestrado em Educação) – Programa de Pós-Graduação em Educação, Universidade Luterana do Brasil, Canoas, 2009.

SARAIVA, K. *Outros tempos, outros espaços: internet e educação*. 2006, 275 p . Tese (Doutorado em Educação) – Programa de Pós-Graduação em Educação, Universidade Federal do Rio Grande do Sul, Porto Alegre, 2006.

SCHIMIDT, S. *Ter atitudes: escolha da juventude líquida. Um estudo sobre mídia, educação e cultura jovem global.* 2006, 200 p. Dissertação (Mestrado em Educação) – Programa de Pós-Graduação em Educação, Universidade Federal do Rio Grande do Sul, Porto Alegre, 2006.

Entrevistas disponíveis ON-LINE

Os *links* abaixo dão acesso a algumas entrevistas concedidas por Bauman (em português e em língua estrangeira).

http://www.scielo.br/scielo.php?pid=S0103-20702004000100015-&script=sci_arttext

http://www.youtube.com/watch?v=NWaOqThdAs4

http://www.estadao.com.br/suplementos/not_sup115789,0.htm

http://dissidentex.wordpress.com/2007/12/20/zygmunt-bauman-globalizacao-modernidade-sociedade-fragmentada/

http://www.elinterpretador.net/22EntrevistaZygmuntBauman.html

http://brigadasinternacionais.blogspot.com/2007/06/entrevista-zygmunt-bauman-260607.html

http://observatorio.ultimosegundo.ig.com.br/artigos.asp?cod=424ASP002

http://www.eurozine.com/articles/2002-11-08-bauman-en.html

http://www.eurozine.com/articles/2006-12-13-bauman-en.html

http://revistacult.uol.com.br/novo/entrevista.asp?edtCode=2BB95253-7CA0-42E3-8C55-8FF4DD53EC06&nwsCode= 83FA9E51-05BA-4F2B-B922-E548B2FAB8FA

SITES INTERESSANTES

Apesar de todo o interesse que a obra de Bauman tem despertado nos últimos anos, não conseguimos encontrar, em nossa busca no Google, *homepages* (no Brasil ou no exterior) destinadas a aglutinar informações (bibliografia, cronologia, livros, textos, entrevistas, etc.) do pensamento de Bauman. Nem mesmo na página da Universidade de Leeds existe um espaço destinado à obra de Bauman. Apesar disso, não significa que o nome do sociólogo esteja ausente da web. Bem ao contrário, a pesquisa no Google revela 1.100.000 resultados aproximados ao seu nome. Um número realmente surpreendente. Abaixo listamos endereços que podem ser úteis aos leitores.

http://pt.wikipedia.org/wiki/Zygmunt_Bauman (português)

Enciclopédia virtual que oferece uma série de informações direta e indiretamente relacionada à vida e à obra de Bauman.

http://en.wikipedia.org/wiki/Zygmunt_Bauman (inglês)

Versão em inglês da enciclopédia acima. É mais completa do que a versão traduzida.

http://unjobs.org/authors/zygmunt-bauman

Site que contém textos de Bauman, fragmentos de livros escritos sobre Bauman, artigos escritos sobre seu pensamento, entrevistas, etc.

http://www.factbites.com/topics/Zygmunt-Bauman

Contém informações diversas sobre Bauman e seus livros, oferecendo uma série *links* em que o sociólogo é o destaque.

http://baumaninstitute.leeds.ac.uk/

Instituto dedicado ao estudo da obra de Zygmunt Bauman.

Resenhas de livros de Bauman

BAUMAN, Z. *Comunidade: a busca por segurança no mundo atual*. Rio de Janeiro: Jorge Zahar, 2003.
http://www.scielo.br/scielo.php?script=sci_arttext&pid=S0104-44782004000200017

BAUMAN, Z. *Identidade: entrevista a Benedetto Vecchi*. Rio de Janeiro: Jorge Zahar, 2005.
http://ojs.c3sl.ufpr.br/ojs2/index.php/rsp/issue/view/580

BAUMAN, Z. *Vidas desperdiçadas*. Rio de Janeiro: Jorge Zahar, 2005.
http://www.cchla.ufpb.br/politicaetrabalho/arquivos/artigo_ed_23/resenhas/resenha_02.pdf

BAUMAN, Z. *Globalização: as consequências humanas*. Rio de Janeiro: Jorge Zahar, 1999.
http://redalyc.uaemex.mx/redalyc/pdf/138/13802509.pdf

BAUMAN, Z. *Amor líquido: sobre a fragilidade dos laços humanos*. Rio de Janeiro: Jorge Zahar, 2004.
http://www2.eptic.com.br/arquivos/Dossieespecial/dinamicasculturais/CulturaePensamento_vol2%20-%20Resenha_Rosita-Loyola.pdf

Referências

ALMEIDA, F. Q. *Bauman e Adorno: sobre a posição do holocausto em duas leituras da modernidade.* 2007, 153 p. Dissertação (Mestrado em Educação) – Programa de Pós-Graduação em Educação, Universidade Federal de Santa Catarina, Florianópolis, 2007.

BAUMAN, Z. Macrossociologia e pesquisa social na Polônia Contemporânea. In: *Sociologia.* Rio de Janeiro: FGV, 1976. p. 1-15. (Série Ciências Sociais).

BAUMAN, Z. *Por uma sociologia crítica: um ensaio sobre senso comum e emancipação.* Rio de Janeiro: Jorge Zahar, 1977.

BAUMAN, Z. *A liberdade.* Lisboa: Editorial Estampa, 1989.

BAUMAN, Z. *Mortality, immortality and other life strategies.* Cambridge: Polity, 1992.

BAUMAN, Z. *Life in fragments: essays in postmodern morality.* England: Blackwell, 1995.

BAUMAN, Z. *Legisladores e intérpretes: sobre la modernidad, la posmodernidad y los intelectuales.* Buenos Aires: Universidad Nacional de Quilmes, 1997a.

BAUMAN, Z. *Ética pós-moderna.* São Paulo: Paulus, 1997b.

BAUMAN, Z. *Intimations of postmodernity.* London: Routledge, 1997c.

BAUMAN, Z. *Modernidade e holocausto.* Rio de Janeiro: Jorge Zahar, 1998a.

BAUMAN, Z. *O mal-estar da pós-modernidade.* Rio de Janeiro: Jorge Zahar, 1998b.

BAUMAN, Z. *Modernidade e ambivalência*. Rio de Janeiro: Jorge Zahar, 1999a.

BAUMAN, Z. *Globalização: as consequências humanas*. Rio de Janeiro: Jorge Zahar, 1999b.

BAUMAN, Z. *Trabajo, consumismo e nuevos pobres*. Barcelona: Gedisa, 1999c.

BAUMAN, Z. *Em busca da política*. Rio de Janeiro: Jorge Zahar, 2000a.

BAUMAN, Z. Os livros no diálogo global das culturas. *Revista Tempo Brasileiro*, Rio de Janeiro, n. 142, p. 87-101, jul./set. 2000b.

BAUMAN, Z. *Modernidade líquida*. Rio de Janeiro: Jorge Zahar, 2001a.

BAUMAN, Z. *La sociedade individualizada*. Madri: Cátedra, 2001b.

BAUMAN, Z. *La cultura como praxis*. Buenos Aires; Barcelona; México: Paidós, 2002a.

BAUMAN, Z. *La hermenêutica y las ciencias sociales*. Buenos Aires: Nova Visión, 2002b.

BAUMAN, Z. Desafios educacionais da modernidade líquida. *Revista Tempo Brasileiro*, Rio de Janeiro, n. 148, p. 41-58. jan./mar. 2002c.

BAUMAN, Z. *Comunidade: a busca por segurança no mundo atual*. Rio de Janeiro: Jorge Zahar, 2003.

BAUMAN, Z. *Amor líquido: sobre a fragilidade dos laços humanos*. Rio de Janeiro: Jorge Zahar, 2004a.

BAUMAN, Z. Entrevista com Zygmunt Bauman. *Tempo Social*, São Paulo, v. 16, n. 1, p. 301-325, jun. 2004b.

BAUMAN, Z. *Vidas desperdiçadas*. Rio de Janeiro: Jorge Zahar, 2005a.

BAUMAN, Z. *Identidade: entrevista a Benedetto Vecchi*. Rio de Janeiro: Jorge Zahar, 2005b.

BAUMAN, Z. *Europa: uma aventura inacabada*. Rio de Janeiro: Jorge Zahar, 2006.

BAUMAN, Z. *Vida líquida*. Rio de Janeiro: Jorge Zahar, 2007a.

BAUMAN, Z. *Tempos líquidos*. Rio de Janeiro: Jorge Zahar, 2007b.

BAUMAN, Z. *Medo líquido*. Rio de Janeiro: Jorge Zahar, 2008a.

BAUMAN, Z. *Vida para consumo: a transformação das pessoas em mercadoria*. Rio de Janeiro: Jorge Zahar, 2008b.

REFERÊNCIAS

BAUMAN, Z. *Archipiélago de excepciones*. Comentarios de Giorgio Agamben y debate final. Madri: Katz, 2008c.

BAUMAN, Z. *A sociedade individualizada*: vidas contadas, histórias vividas. Rio de Janeiro: Jorge Zahar, 2008d.

BAUMAN, Z. *Confiança e medo na cidade*. Rio de Janeiro: Jorge Zahar, 2009a.

BAUMAN, Z. *A arte da vida*. Rio de Janeiro: Jorge Zahar, 2009b.

BAZZANELLA, S. L. *O niilismo em Nietzsche e a ambivalência em Bauman*: uma leitura possível do modelo civilizatório ocidental. 2003, 150 p. Dissertação (Mestrado em Educação) – Programa de Pós-Graduação em Educação, Universidade Federal de Santa Catarina, Florianópolis, 2003.

BEILHARZ, P. *Zygmunt Bauman*: dialetic of modernity. Londres: Sage, 2000.

BEILHARZ, P. Zygmunt Bauman: to build anew. *Thesis Eleven*, London, n. 86, aug. 2006. p. 107-113.

BLACKSHAW, T. *Zygmunt Bauman*. London/New York: Routledge, 2005.

BRACHT, V.; ALMEIDA, F. Q. *Emancipação e diferença na educação*: uma leitura com Bauman. São Paulo: Autores Associados, 2006.

BURBULES, N.; RICE, S. Diálogo entre as diferenças: continuando a conversação. In: SILVA T. T. *Teoria educacional crítica em tempos pós-modernos*. Porto Alegre: Artes Médicas, 1993, p. 173-204.

BURBULES, N. Uma gramática da diferença: algumas formas de repensar a diferença e a diversidade como tópicos educacionais. In: MOREIRA, A. F.; GARCIA, R. L. (Orgs.). *Currículo na contemporaneidade*: incertezas e desafios. São Paulo: Cortez, 2003.

BURKITT, I. Civilization and ambivalente. *British Journal of Sociology*, London, v. 47, n. 1, p. 135-150, mar. 1996.

CORAZZA, S. M.; SILVA, T. T. *Composições*. Belo Horizonte: Autêntica, 2003.

COSTA, M. V.; DO Ó, J. R. Desafios à escola contemporânea: um diálogo. *Educação e Realidade*. Porto Alegre, v. 32, n. 2, p. 109-116, jul./dez. 2007.

COSTA, M. V. *et al*. Escola e cultura contemporânea: a irreverência do funk no mundo cor-de-rosa da Barbie. *Revista de Iniciação Científica da ULBRA*. Canoas, v. 4, p. 209-219, 2006.

COSTA, M. V. CORRÊA, M. F. B. Escola e cultura contemporânea: qual é a música? Os hits que embalam a escola pós-moderna. *Revista de Iniciação Científica da ULBRA*, Canoas, v. 5, p. 193-198, 2006.

COSTA, M. V. Paisagens escolares no mundo contemporâneo. In: SOMMER, L. H.; BUJES, M. I. E. (Orgs.). *Educação e cultura contemporânea: articulações, provocações e transgressões em novas paisagens.* Canoas: Editora da ULBRA, 2006. p. 177-195.

DUNNING, E.; MENNELL, S. Elias on Germany, Nazism and the Holocaust: on the balance between "civilizing" and "decivilizing" trends in the social development of western Europe. *British Journal of Sociology*, London, v. 49, n. 3, p. 339-357, Set. 1998.

ELIAS, N. *O processo civilizador: uma história dos costumes.* Rio de Janeiro: Jorge Zahar, 1993a. v. 1.

ELIAS, N. *O processo civilizador: formação do Estado e civilização.* Rio de Janeiro: Jorge Zahar, 1993b. v. 2.

GHIRALDELLI JÚNIOR, P. *Filosofia da educação.* Rio de Janeiro: DP&A, 2002.

GIDDENS, A. *Modernidade e identidade.* Rio de Janeiro: Jorge Zahar, 2002.

GOMES, I. M. *Conselheiros modernos: propostas para a educação do indivíduo saudável.* 2008, 222 p. Doutorado (Doutorado Interdisciplinar em Ciências Humanas) – Programa de Pós-Graduação Interdisciplinar em Ciências Humanas, Universidade Federal de Santa Catarina, Florianópolis, 2008.

GOODSON, I. Dar voz ao professor: as histórias de vida dos professores e o seu desenvolvimento profissional. In: NÓVOA, António. *Vidas de professores.* Tradução de Maria dos Anjos Caseiro, Manuel Figueiredo Ferreira. 2. ed. Porto: Porto Editora, LDA, 1995. p. 63-78.

GOODSON, I. Currículo, narrativa e o futuro social. *Revista Brasileira de Educação*, São Paulo, v. 13, n. 35, p. 241-252, mai/ago. 2007.

MARTINS, J. *Tudo, menos ser gorda: a literatura infanto-juvenil e o dispositivo da magreza.* 2006, 97 p. Dissertação (Mestrado em Educação) – Programa de Pós-Graduação em Educação, Universidade Federal do Rio Grande do Sul, Porto Alegre, 2006.

MOREIRA, A. F. A recente produção científica sobre currículo e multiculturalismo no Brasil (1995-2000): avanços, desafios e tensões. *Revista Brasileira de Educação*, São Paulo, n. 18, p. 65-81, set./dez. 2001.

MOREIRA, A. F. Currículo, diferença cultural e diálogo. *Educação e Sociedade*, São Paulo, ano XIII, n. 35, p. 15-38. ago. 2002.

PROTAS, T. R. V. *Sujeitos líquidos em trânsito nas narrativas contemporâneas: Um estudo sobre motobóis e pedagogias culturais*. 2009. Dissertação (Mestrado em Educação) – Programa de Pós-Graduação em Educação, Universidade Luterana do Brasil, Canoas, 2009.

PIMENTA, S. G. Professor reflexivo: construindo uma crítica. In: PIMENTA, S. G.; GHEDIN, E. (Orgs.). *Professor reflexivo no Brasil: gênese e crítica de um conceito*. São Paulo: Cortez, 2002. p. 17-52.

SCHIMIDT, S. *Ter atitudes: escolha da juventude líquida. Um estudo sobre mídia, educação e cultura jovem global*. 2006, 200 p. Dissertação (Mestrado em Educação) – Programa de Pós-Graduação em Educação, Universidade Federal do Rio Grande do Sul, Porto Alegre, 2006.

SILVA, T. T. A produção social da identidade e da diferença. In: SILVA, T. T. *Identidade e diferença: a perspectiva dos estudos culturais*. Petrópolis: Vozes, 2000, p. 73-102.

SMITH, D. *Zygmunt Bauman: prophet of postmodernity*. Cambridge: Polity, 2000.

TESTER, K. *The social thought of Zygmunt Bauman*. Basingstoke: Palgrave Macmillan, 2004.

TESTER, K.; JACOBSEN, M. H. *Bauman before postmodernity: invitation, conversations and annotated bibliography 1953-1989*. Aalborg: Aalborg University Press, 2006.

VEIGA-NETO, A. MACEDO, E. Estudos curriculares: como lidamos com os conceitos de moderno e pós-moderno? In: REUNIÃO ANUAL DA ASSOCIAÇÃO NACIONAL DE PÓS-GRADUAÇÃO E PESQUISA EM EDUCAÇÃO, 30, 2007, Caxambu. *Anais eletrônicos...* Disponível em: www. http://www.anped.org.br/reunioes/30ra/trabalhos_encomendados/trabalho%20encomen dado%20gt12%20-%20alfredo%20 veiga-neto%20-%20int.pdf. Acessado em 19 de abril de 2008.

VEIGA-NETO, A. J. Incluir para excluir. In: SKLIAR, C.; LARROSA, J. (Org.). *Habitantes de Babel: poéticas e políticas da diferença*. Belo Horizonte: Autêntica, 2001. 105-118.

VEIGA-NETO, A. J. As duas faces da moeda: heterotopias e emplazamientos curriculares. *Educação em Revista*. Belo Horizonte, v. 45, p. 249-264, jun. 2007.

VEIGA-NETO, A. J. Crise da modernidade e inovação curriculares: da disciplina para o controle. *Sísifo: Revista de Ciências da Educação*. Lisboa, n. 7, set./dez. 2008.

VEIGA-NETO, A. J. Cultura, culturas e educação. *Revista Brasileira de Educação*. Rio de Janeiro, n.. 23, p. 5-15, mai./jun./jul./ago. 2003a.

VEIGA-NETO, A. J. De geometrias, currículo e diferenças. *Educação e Sociedade*. Campinas, v. 23, n.79, p. 163-186, ago. 2002a.

VEIGA-NETO, A. J. Espaço e currículo. In: MACEDO, E.; LOPES, A. C. (Orgs.). *Disciplinas e integração curricular: história e políticas*. Rio de Janeiro: DP&A, 2002b. p. 201-220.

VEIGA-NETO, A. J. Pensar a escola como uma instituição que pelo menos garanta a manutenção das conquistas fundamentais da Modernidade. In: COSTA, M. V. (Orgs.). *A escola tem futuro?* Rio de Janeiro: DP&A, 2003b. p. 103-126.

VEIGA-NETO, A. J. Usando Gattaca: ordens e lugares. In: TEIXEIRA, I. A. C.; LOPES, J. S. M. (Orgs.). *A escola vai ao cinema*. Belo Horizonte: Autêntica, 2003c. p. 67-82.

ZABLUDOVSKY, G. Zygmunt Bauman y Norbert Elias. *Revista Anthropos: huellas del conocimiento*, Barcelona, n. 206, p. 196-209, enero/marzo 2005.

Os autores

Felipe Quintão de Almeida é licenciado em Educação Física pela Universidade Federal do Espírito Santo (CEFD/UFES). Fez o curso de Mestrado em Educação na Universidade Federal de Santa Catarina (CED/UFSC). Professor adjunto do Centro de Educação Física e Desportos da Universidade Federal do Espírito Santo (CEFD/UFES). É membro do Laboratório de Estudos em Educação Física (LESEF/CEFD/UFES) e do Núcleo de Estudos e Pesquisas Educação e Sociedade Contemporânea (NEPESC/CED/UFSC). É coautor do livro *Emancipação e diferença na educação: uma leitura com Bauman* (Autores Associados, 2006). Doutor em Educação pelo Centro de Educação da Universidade Federal de Santa Catarina (CED/UFSC). Possui artigos no campo de origem que se utilizam e analisam a obra de Zygmunt Bauman.

Ivan Marcelo Gomes é professor adjunto do Centro de Educação Física e Desportos da Universidade Federal do Espírito Santo (CEFD/UFES). Atuou como professor no Centro de Comunicação e Artes da Universidade Estadual do Oeste do Paraná (CECA/UNIOESTE) de 2000 a 2008. Graduou-se em Educação Física na Universidade Estadual de Maringá (UEM). Fez o curso de Mestrado em Sociologia na Universidade Federal de Pernambuco (UFPE). É doutor em Ciências Humanas pela Universidade Federal de Santa Catarina (UFSC). É membro do Laboratório de Estudos em Educação Física (LESEF/

CEFD/UFES) e do Núcleo de Estudos e Pesquisas Educação e Sociedade Contemporânea (NEPESC/CED/UFSC). Em seu mestrado realizou uma análise das significações corporais em uma instituição educativa de ensino superior, baseando-se na teoria da estruturação de Anthony Giddens, iniciando, na ocasião, uma interlocução com a obra de Zygmunt Bauman. O referencial de Bauman foi predominante em sua tese de doutorado, que enfocou propostas educativas para a formação de indivíduos considerados saudáveis. Possui artigos no campo de origem que se utilizam e analisam a obra de Zygmunt Bauman.

Valter Bracht é professor titular do Centro de Educação Física e Desportos da Universidade Federal do Espírito Santo (CEFD/UFES). Licenciado em Educação Física pela Universidade Federal do Paraná (UFPR). Doutorado na Universidade de Oldenburg (Alemanha). Membro do Laboratório de Estudos em Educação Física (LESEF/CEFD/UFES). Ex-presidente do Colégio Brasileiro de Ciências do Esporte (CBCE) (1991-1995). Autor de vários livros no campo da educação física, entre os quais *Educação física e ciência: cenas de um casamento (in)feliz* (Unijuí, 1999), *A educação física no Brasil e na Argentina: identidades, desafios e perspectivas* (Autores Associados, 2003) e *Pesquisa em ação: a educação física na escola* (Unijuí, 2007). É coautor do livro *Emancipação e diferença na educação: uma leitura com Bauman* (Autores Associados, 2006). Possui artigos no campo de origem que se utilizam e analisam a obra de Zygmunt Bauman.

Este livro foi composto com tipografia Garamond e impresso
em papel Off Set 75 g/m² na Formato Artes Gráficas.